補陀落ばしり物語

中嶋 隆

ぷねうま舎

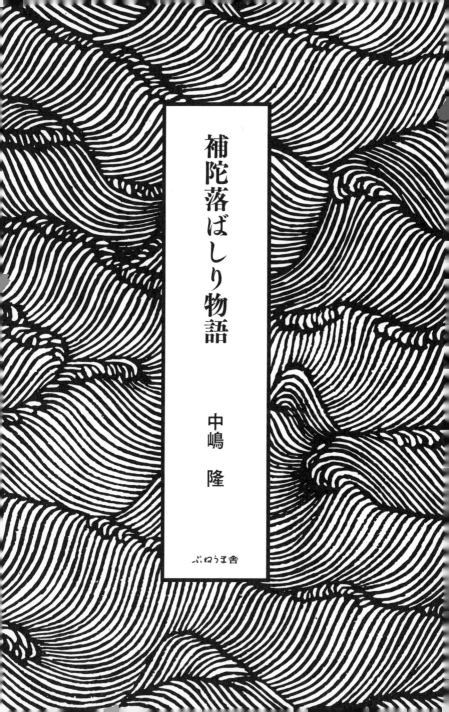

装丁＝矢部竜二《Bow Wow》

補陀落《ふたらく》や岸うつ浪の音に聞きしは、紀州熊野のうらに、「補陀落ばしり」といふことありて、よい年の後生中間極楽まいりの相談かため、孫子にもがてんさせ、風を待ち、小舟に帆をあげ、五人三人生きながら海上に放たれ行き、往生をとぐるよし、昔より、し来たり、近年まで右のわざをなしける。

宝永四（一七〇七）年刊『千《ち》尋《ひろ》日本《やまと》織《おり》』

四国・中国・畿内に甚大な被害をもたらした宝永大震災の直前に刊行された浮世草子には、右のような記述が見られる。紀州熊野沖にあるとされた補陀落山《ふだらくせん》の観音浄土に赴くために、人を乗せて密閉した小船を沖に流す宗教行事が、十八世紀初めまで行われていた。

この小説は、補陀落渡《ふだらくと》海《かい》にいどんだ人々の信仰と命の物語である、

◇目　次◇

始章　那智の賭場

那智の海は、冬でも穏やかである。白砂の浜近くに観音浄土寺が建立されている。澄み切った冬空に伽藍が映えて美しかった。

その浜に建てられた、取葺《とりぶき》屋根の粗末な小屋で、毎夜、小博打が行われていた。宝永大地震前には観音浄土寺境内にあった賭場が津波で流されたので、浜に新しい賭場ができた。漁師小屋を改築したのか、魚臭がした。所々に白く塩を吹いた畳が、粗末な板床に四畳ほど敷かれていた。

入り口に火鉢が置かれ、褞袍《どてら》をかぶった年老いた胴元（貸元）が、手持無沙汰に煙管《キセル》を使っていた。

同じ年頃の年老いた常連客が一人、板壁にもたれかかっていた。右足の具合が悪いらしく、枯れ枝のような指で太股を揉んでいる。いつもなら、片肌脱いで威勢良く二個の賽子《さいころ》の入った笊壺《ざるつぼ》を振る若い壺振りが、白けた顔で、指の股に挟んだ賽子を弄《もてあそ》んでいた。時折、上目遣いに胴元の顔色を窺《うかが》った。

客の多い賭場では、中盆《なかぼん》が丁半賭博の進行を仕切り、胴元は銀《かね》に換わる駒札を売る。客の少ないこの賭場では、胴元が中盆を兼ねていた。

白髪総髪の髻《もとどり》を、漁網を繕う麻紐で結《ゆ》った胴元が「しゃあないなあ」と濁声《だみごえ》をあげた。たった一人で佇んでいる老博打打ちの名を又八と言った。既に還暦を越えたはずだが、毎晩賭場に顔を出した。

「客がてめえ一人じゃ、博打にならねえ」

胴元が顎をしゃくって、孫のような角前髪《すみまえがみ》のまだ若い壺振りに「酒、買ってこい」と、銭を投げた。盆茣蓙《ぼんござ》を片付けた壺振りが、「へい」と、小屋を飛び出した。すきま風の吹き込む小屋で、又八と胴元とが向かい合った。

「今夜は骨休めじゃ」

顔を上げた又八が、上下の前歯の抜けた顔をゆがめて笑った。この老人が笑うと、皺だらけの蝙蝠のような顔になった。血走った団栗眼《どんぐりまなこ》が、相手を威嚇しているように見えた。

額の赤く爛《ただ》れた胴元が破鐘《われがね》のような声を出す。

「紀州の殿様が公方様《くぼうさま》に御出世になって、わしらは大層喜んだもんだが、御政道がやかましくなっちまって、息もできねえ」

胴元の愚痴を聞き流した又八が、背を屈《かが》めて煙管に刻み煙草を詰めた。吸い口を銜《くわ》えた口元には、蛸の足がのたくったような深い皺が刻まれ、禿げた頭に残った一握りの白髪が薄の穂のように伸びていた。

「御政道？　昔と比べて博打がやりづらくなったということかい」

「賭場のことを言っているんじゃねえやい」

弁天様の刺青の入った背を煙管で掻きながら、胴元のぼやきが続いた。

「観音浄土寺の坊様の渡海が禁じられてから、那智の浜に人が集まらなくなっちまった」

古代から続いた渡海、僧が船に乗って海の彼方にあるという観音浄土、補陀落山を目指す補陀落渡海は、幕府が禁令を出したので、享保七（一七二二）年六月の空翔上人《くうしょうしょうにん》の渡海以後行われなくなった。

「今から十年も前のことだが、わしは、この目で空翔上人様の乗った渡海船が沖に出るのを見て、合掌したもんだ。それが渡海の見納めになった」

胴元が得意げだった。

「あんな襤褸船《ぼろぶね》が補陀落山に行き着くはずがねえ」

又八が吐き捨てるように言って、紫煙を天井に吹き上げた。

憮然とした胴元が「不信心な糞爺《くそじじい》だ。だからいつも、博打に負けるんだ」と、歯を剝《む》き出した猿のような顔になった。

「空翔が浄土などに行けるもんか」

「おめえの知ったことか」

と、又八が濁声《だみごえ》で怒鳴られた。

「おめえは知らねえだろうが、空翔は命を惜しんで、若い時分に一度、渡海の身代わりを雇ったことがあった。観音浄土寺の境内に賭場があったころの話じゃ。酒は飲む、女は抱く、博打もやる、そういう生臭坊主じゃ。わしと指《さし》の勝負をしたこともあったぞ。そのときは、おめえがいかさま博打の胴元だったはずじゃ。思い出しやがったかい」

「いかさまだと。わしは、この弁天様の刺青に誓って金輪際いかさまなどやったことはねえ。てめえの負けを人のせいにするんじゃねえやい」

横を向いた鉤鼻《かぎばな》の胴元が土間に痰を吐いた。胴元と又八には長年の腐《くさ》れ縁《えん》がある。

「おめえが渡海に立ち会ったときには、あいつもいい歳になっていたんだろうが、そう簡単に性根の変わるはずがねえやい」

「知ったような口をきくじゃあねえか。おめえは、上人様の知り合いか」

「ああ、よく知っていた。おめえは、空翔の寺で賭場を借りていただけだが、わしは違う。渡海なんぞ、食いっぱぐれた坊主が、寄進目当てに、一芝居打つだけの話じゃ。空翔だって、船から脱け出して、こっそり持ち出した寺の銀《かね》で、今頃どこかに隠れ住んでいるかもしれねえ」

又八が、団栗眼を剝き出して胴元を睨みつけた。

昔から、船上の閉ざされた屋形に籠もって補陀落山を目指す僧には、わずかな食料と水だけしか与えられなかった。

「まともな人間なら、観音浄土にたどり着く前に、船のなかで餓鬼道に堕ちるだけじゃ。今から三十年以上も前になるが、わしがまだ三十歳そこそこのころじゃった。宝永大地震のずっと前のことだが、そのときにも、渡海船に乗った坊様がおった。そのお方は、お武家の出だったのじゃが」

「もと、侍だと……」

「ああ、出家しても、お武家の性根を持ち続けた立派な坊様だった。渡海しようなどと、魔が差したんじゃろうて。そのお方は、渡海船を脱けだして浜に泳ぎ着いた。自分の指を食いちぎり、血を啜《すす》って生き延びたそうじゃ。せっかく娑婆に戻ったというのに、村人に取っ捕まって、また船に乗せられた」

息を呑んだ胴元が、「そんなことがあったのか。それで、どうなったんじゃ?」と訊いた。

「沖でおっ死《ち》んじまえばよかったのに、今度は、船が浜に舞い戻った。このときばかりは、村人も放っておいたが、そのお方は『犬』と呼ばれるようになった。つまり、畜生だから、観音様に会う資格はないということになって、おっぽっておかれたのよ」

又八が、唾に混じった煙草の屑《くず》を痰と一緒に土間に吐き捨てた。

「笑わせやがる。まっとうな人間だから、二度目の渡海をいやがったのに、犬にされちまった」

「犬」と呼ばれた僧のことを、又八は片時も忘れたことがない。詳しいことを、まだ誰にも話したことはなかったが、昔、この僧に命を助けられたことがあった。泥沼でもがく自分に差し出された杖のように、又八は、その思い出にすがって生きて来た。

「空翔は、村人に小突かれながら小船に閉じ込められたその坊様を見ておった。あいつはまだ若かったから、怖じ気《おけ》づいたんじゃろう。身代わりを銀で買った」

火鉢の縁を煙管でたたいて灰を落とした又八が、遠くを見やるような表情をした。「犬」と呼ばれたあのお方の渡海は三十数年も前の出来事である。棘の抜かれた記憶が、今では喜怒哀楽の伴わない絵巻のようになってしまった。

濁酒《どぶろく》の詰まった一升徳利を抱えて、壺振りが小屋に戻った。七《なな》つ時《どき》を過ぎ、腹の減っていた又八が「遅いじゃねえか」と文句を言った。

赤くなった頬の面皰《にきび》を気にしながら、「いい肴があった」と、壺振りが、懐から潤目鰯《うるめいわし》の丸干しを出した。胴元に「焼け」と命じられて、火鉢に並べた。

早速、土間に転がっていた白木の椀を拾って手酌した又八が、「空翔め、身代わりなど雇いやがって」と、憎々しげな顔をした。

「身代わりを雇っただと。そんな損な役を引き受ける酔狂な奴がいるはずはなかろう。小船に閉じ込められて往生するのだぞ」

又八の話に興味を持ち始めた胴元も、割れ茶碗を握って、濁酒を咽喉に流し込んだ。

「ところが、おったのじゃ。雇われた若造、嘉六《かろく》という名だが、そのナニが、わしの妹じゃった」

と言って、又八が小指を立てた。

「妹のことは知っているじゃろう。おめえに借銀を返せと脅《おど》されて、わしが女衒《ぜげん》に売っちまった妹じゃ」

「そんなこともあったな」

鉤鼻を掻いた胴元が、苦笑いした。

「その野郎は、死んじまったのか？」

「いや、渡海船から脱け出す算段があったから、銀を貰って引き受けたんじゃ」

半信半疑の胴元の顔がゆがんだ。

「その嘉六とやらは、なんぼで雇われたんだ」

「大枚、銀《ぎん》百両よ」

目を細めて「それでよ」と言った又八が、皺の寄った口元を袖で拭った。

「その銀は、船に乗る前に嘉六がわしの妹に渡して、妹からわしにまわってきた」

「馬鹿野郎、得をしたのはおめえか」

と、胴元が下卑《げひ》た笑いを浮かべた。笑われて顔をこわばらせた又八が、胴元の顔を睨みつけた。

「馬鹿野郎、糞野郎と罵られてもかまわねえ。そういう生き方を、わしはしてきたんじゃから」

鰯を炙《あぶ》っていた壺振りが、「その銀百両を、又八爺さんは何に使ったんだ？」と口を挟んだ。

餌を食う犬のような音をたてて濁酒を飲んでいた又八が、胴元のほうを顎で指し、掌を丸めて壺を振る真似をした。

「博打で、すっちまったのか?」

それには答えないで、又八が言った。

「わしとて、妹がかわいい。恋しい男と夫婦《めおと》にして、子の一人も持たせてやりたかった。が、何の因果か、そうはならなかった。空翔の代わりに船に乗った嘉六は生きておったのじゃがな……。今日は骨休めじゃ。その話を、たっぷりと聞かせてやろう」

壺振りから、焼けた干し鰯を一尾、ひったくった又八が、前歯の欠けた口でしゃぶりだした。茶碗の濁酒を一気に飲んだ胴元が、噯《おくび》をした。壺振りの買ってきた干し鰯を焼く香ばしい匂いが小屋に満ちた。

又八が「空翔は卑怯もんじゃ」と、また罵った。白濁した涎《よだれ》が垂れたが、拭おうともしなかった。

「空翔、空翔と気安く呼ぶねえ。立派な上人様だ」

酔った胴元が摑みかからんばかりの勢いで、又八をなじった。

又八は、蝙蝠のような目を血走らせて「糞坊主が」と、また罵る。

「あの糞坊主は、若《わ》えとき《け》には渡海船に乗るのが怖くて逃げ出した。その後、どこをほっつき歩いていたのか、宝永大地震からしばらく経って、観音浄土寺に舞い戻ってきやがった。本山に銀でも積んだんじゃねえかと、わしは睨んだが、あっさり元の住職におさまっちまった」

突然、又八が濁酒の残った木碗を投げた。干し鰯を焼いていた火鉢から灰が吹き上がった。呆《あ》気《け》にとられた壺振りが、胴元の顔色を窺《うかが》った。

「上人様のことが気にかかるのか」

と、胴元に言われた又八が「へん」と鼻先で笑って、ひっくり返った。

「上人様は、大地震と津波で行き場をなくしたわしらのような者にまで情けをかけてくださった。若えとき、ちっと博打をしたからといって、おめえのような屑《くず》とは違うんじゃ。上人様がおめえの言うとおり、骨の髄まで生臭坊主なら、なぜ村人から『生き仏様』と慕われていたんだ。その上、十年前には、立派に渡海なさった」

「知るけえ。知りたくもねえ」

欠伸《あくび》をした又八が唾を吐いた

観音浄土寺の住職に復帰した空翔は、人が変わったように村人のために働いた。大地震のあと那智の浜を襲った津波で家を失った人々の面倒を見、津波で流された本堂再建に尽力し、孤児たちが暮らせるよう寺を開放した。そして善男善女の念仏に送られ、観音浄土を目指して渡海したのだ。

又八は、その評判をもちろん知っていた。酒好き、女好きの脂《あぶら》ぎった空翔が、なぜ、そんなふうに変わったのか、理解できなかった。渡海を嫌って観音浄土寺から逃げ出したあと、この破戒僧に何が起きたのか。

空翔が観音浄土に赴いた今では、訊きようがなかった。起き上がった又八が、具合の悪い右の太股を拳で叩いてから、また濁酒を浴びるように飲み始めた。

「糞爺、酒がもったいねえ」

破鐘のような濁声で、胴元が怒鳴った。

渡海　その一

一章　出会い

宝永四（一七〇七）年初秋七月のことである。

「行き倒れがおるぞ」

「まだ、若い男だ」

早朝の漁を終えて浜に戻った漁師が怒鳴った。

痩せた体から箒の柄のように突き出た足が引《ひ》き攣《つ》っていた。息をするたびに、異様に膨《ふく》れた腹が波打った。

「抜け参りか？」

関東・東海を襲った元禄十六（一七〇三）年十一月の大地震のあと、元禄から宝永と元号が変わった。天変地異に対する恐怖心からか、近頃、往来手形を持たずに伊勢参宮をする抜け参りが大流行していた。

ここ那智も、大坂や堺から紀伊路を歩いて熊野三山に参拝し、さらに伊勢街道を上《のぼ》って伊勢神宮にお参りする人々で賑《にぎ》わった。

奉公先を無断で飛び出しても、参拝した後で主家に戻れば咎められないのが抜け参りの慣行だが、沿道の施しをあてにして、旅費も持たずに出かけた者が野垂れ死にすることが間々あった。

「ここからお伊勢様まで、まだかなりの道のりだ。こいつは苦労してたどり着いたのかもしれんが、ここで成仏することになるとは思ってもみなかっただろうて。観音浄土寺の坊さんを呼んで、引導を渡してやろう」

「観音浄土寺の坊さん？　空翔《くうしょう》のことか」

と言って、一人の漁師が、顎の無精髭をごつい指で擦《こす》った。

「やめとけ。あの生臭坊主は昼間から酒を食らっているか、女の所だ。熊野比丘尼《くまのびくに》を寺に引き込んで、膾《なます》を肴に、一緒に一杯やってるかもしれねえ」

「生臭であろうとかまやしない。こいつが、破戒坊主の引導で地獄に堕ちようが、わしらの知ったことではねえ」

この男がもうすぐ死ぬと決めつけた一人が、網にかかった毒魚を捨てるような口調で言った。

「それもそうだ」

と、空翔を罵った漁師も納得する。

行き倒れの若者の口がかすかに動いた。何かつぶやいたようだったが、聞き取れなかった。

穏やかな波音を立てている海から、磯の香りが漂っていた。

「まだ息があるじゃないの。かわいそうに」

通りかかった小太りの若い女が、秋茄子の詰まった籠を置いて、竹筒《ささえ》の真水を口に注いでやった。しゃがんだ裾から、白い脹脛《ふくらはぎ》が覗いた。今朝採った茄子と鰯の一夜干しとを交換しようと、浜に来た百姓娘だった。

意識がないのに体が欲しているのか、口に注がれた水を、若者が飲み下した。水を飲むたびに、喉が上下に動いた。

「しっかりおし。ここで死んだら、苦労した甲斐がないよ」

耳元で、そう怒鳴った女の名をお雅《まさ》と言った。両親が死に、わずかな田畑《でんぱた》を耕して、兄と一緒に暮らしている。

顔見知りの漁師から「こいつに惚れたのかい」と冷やかされて、「死人を見るのが嫌いなだけよ」と、お雅が応じた。

笑うと笑窪ができるが、顔を顰《しか》めると眉間《みけん》に幾本も縦皺が寄った。お雅にも、この行き倒れは、いつ死んでもおかしくないように見えた。

汚れた体に蝿がたかって、腐った魚腸《はらわた》のような悪臭がした。岩場から転げ落ちたのか、手足が傷だらけだった。よく見ると傷口に蛆が湧いていた。死体になれば、冷たくなった体から虱《しらみ》が逃げ出すことだろう。

「ならば、こいつを引き取ったらどうでえ。おめえの家まで運んでやるぞ」

冷笑を浮かべた漁師が言った。ここで死なれたら面倒だと思ったのだ。

「運んでおくれ」

なぜ、この男を助けようという気になったのか、そのときにはお雅にも分からなかった。後で思い返すと、父が生きていたなら助けたにちがいないという気持ちが、きっかけとして働いたのかもしれなかった。

臭気に顔を顰《しか》めながら、二人の漁師が、行き倒れを廃船の底板に乗せて、お雅の家に運んだ。

二人が帰ると、お雅は湯を沸かし、男の体を拭った。雑巾のような下帯を脱がして、垢と虱のこびりついた恥部も拭いてやった。死に損ないのくせに、男根が反応した。顔を赤らめたお雅が、それを茄子の熟れ具合を試すかのように爪で弾《はじ》いた。

男の意識は朦朧としていた。何かつぶやいているので、口元に耳を当てると「おっ母《かあ》」と言っているようだった。泥のこびりついた服を脱がした時、懐から守り袋のような物が零《こぼ》れ落《お》ちた。

中身が何かは分からなかったが、お雅は、固い物の入ったその袋を枕元に置いた。

兄《あん》ちゃんはまた博打か。仕方ない、着物を借りよう。

お雅の兄の名を又八と言った。父の存命中は、百姓仕事に精を出したが、父が一揆の科《とが》を負って刑死した後、人が変わったように博打に明け暮れるようになった。母とお雅の畑仕事のおかげで、稼ぎのない又八は飯が食えていたようなものだった。

二年前に母が死ぬと、畑仕事はお雅一人でやることになった。

初秋とはいえ暑かった。昏睡している若者の裸体に、兄の古着を掛けてやった。若者が今まで着ていたものを洗濯すると、泥水に白い蛆が浮いた。

畑の茄子と屑米《くずまい》で雑炊を作って、兄を待った。いつも暮れ六つに、観音浄土寺境内にある賭場から帰ってきて、雑炊を腹に掻きこみ、また賭場に出かける。そのまま帰ってこないこともあるし、泥酔して真夜中に戻ることもある。

この日、黄昏時《たそがれどき》に帰宅した又八は、自分の着物をかぶった見ず知らずの男が、素裸になって囲炉裏端で寝ているのを見て、目を白黒させた。

「いつの間に男をくわえ込んだ」

そう怒鳴ったあげく、お雅の説明を聞いても得心が行かない。明日死ぬかもしれないと言われて、おっかなびっくり、男の膨れた腹を爪先で突いて、やっと納得した。

「息はしているようだが、死んだら埋めるのが億劫《おっくう》だ。夜半になったら、観音浄土寺の境内に捨てに行こう。空翔め、夜が明けて驚くぞ」

又八と空翔とは、賭場での顔見知りだった。空翔は血色の好い顔立ちで、時々後家に夜這《よば》いをかけるという悪評の立っている僧だ。博打で負けても、悔しがるふうでもなかった。又八には、それが気に食わなかった。

腹ごしらえをした又八は賭場に出かけ、お雅は、行き倒れの若者と二人きりになった。

夜が更《ふ》けてきた。油がもったいないので灯火を消した。囲炉裏の熾火《おきび》のわずかな光が灯火代わりである。裸で横臥した男の荒い息だけが聞こえてくる。

時々、男は悲鳴のような泣き声をあげた。薄暗くて定かではなかったが、腕を浮かせて、何かにすがりつくような仕草をすることもあった。

結局その夜、お雅はまんじりともしなかった。又八も、賭場から帰ってこなかった。

夜が明けると、戸を叩くような水鶏《くいな》の鳴き声がした。その声に刺激されたのか、男の意識が戻った。

眼を剝《む》いてお雅を見るなり、「観音様」とつぶやいた。

「観音？　ここは那智よ。私はお雅。あんたは？」

男の眼が虚《うつ》ろになった。なぜ、自分が素裸で寝ているのか、しばらく理解できないようだった。

故郷では、水鶏の鳴き声で目を覚ますことがよくあったのだが……。

目蓋《まぶた》が腫《は》れて隈ができていたが、澄んだ眼をしていた。男は、何かを探しているようだったが、お雅が枕元に置いた守り袋のような袋を見つけると、安心したように目をつむった。

お雅が、昨夜の雑炊に水を足して薄い粥を作った。椀に盛られた粥を、むさぼるように呑み下した男は、すぐに吐いてしまった。

「一気に食べるからよ」

お雅は、匙で掬《すく》った粥を男の口に入れた。今度は吐かずに、ゆっくり粥を腹に入れた。

男は、お雅が差し出す匙の粥を黙って食べ続けた。

空腹が癒《い》えると、血走った眼を剝きだしてお雅を見つめた。恥ずかしくなって、襟元を直した
お雅が「どこから来たの」と尋ねた。まだ、名前さえ訊いていなかった。

何か言いかけた男が言葉を呑んで「山」と答えた。

「山？」

男は、大和国飛鳥村から、ここにやって来たのだが、故郷を口にすることを憚《はばか》った。

飛鳥から川沿いに吉野山に出て、山伏が修行する大峰から熊野を越え、那智の浜にたどり着いた。大峰奥駆道《おおみねおくがけみち》と呼ばれる峻厳な山道を、先達もなく一人で越えられたのは奇跡に近かった。

国元を明かさなかったのは、国元の追手に自分が追捕《ついぶ》されるような妄想を抱いたからだ。ここまで逃げれば、たとえ追手がかかっても捕らえられるはずがなかったのだが。

「名は？」

「嘉六《かろく》」

「お伊勢様に抜け参り？」

嘉六は頷いて、目をつむった。

険阻な山道を、無我夢中で歩いて、やっとここに着いた。持参したわずかな焼米が尽きると、虫を食らった。一歩誤れば谷に転落するような岩場を這い登り、湧き水で咽喉を潤した。そして、今、ともかく生き延びている。

「今日は、ゆっくり眠るのね」

お雅は、土間の水甕から椀に水を掬って臥所《ふしど》の脇に置き、「畑仕事があるから」と言って、家を出た。

嘉六は、しばらくまどろんだ。また、嫌な夢を見た。夢に、いつもあらわれるのは、生まれてすぐに死んだ弟だ。あれから十一年が経つ。

土間に敷いた筵《むしろ》で、唸り声をあげるおっ母《かあ》。幼かった嘉六が一生懸命拾った枯れ木で沸かした湯を、おっ父《とお》が運んだ。嘉六も、何に使うのか分からなかったが、水の入った手桶を運んで、枕元に置いた。

おっ母を励ます産婆の声が、今でも耳に残っている。

「きっと女だよ。無事に産んだら、まっ白い飯《まんま》がたんと食えるよ」

嘉六は、そのときには「まっ白い飯」を見たことがなかったので、何のことかわからなかったが、何か美味《おい》しいものだろう、と思った。あのころは、いつも腹が減っていて、何でも口にした記憶がある。

元禄八（一六九八）年から九年にかけて、全国的な冷害に見舞われた。特に津軽藩の被害は甚大で、一家全員が死に絶えて空き家になった家が続出したと伝えられる。

飢饉の惨状は、肉親が死んでも遺《のこ》された者に埋葬する体力がなく、遺骸が放置されるほどだった。十歳ほどの娘を水に沈めて殺そうとした母親を、旅人が「餓死したとしても一緒に死ぬのが親の情ではないか」と諫《いさ》めたところ、「親兄弟が死に、自分もあと数日の命、憂き目を見せるよりは、今殺してやるほうがこの子の幸せ」と言って泣き崩れた、という見聞記が残されている。

餓死者こそ出なかったが、飛鳥村も例外ではなかった。幼かった嘉六には、炙《あぶ》った蟬や蝗がごちそうだった。村の子どもたちは、生きるために争って虫取りをした。

産婆も、産後の母親に白米が与えられるとは思っていなかった。ただ、励まそうとしたら、自分の願望が思わず口に出てしまったのだ。昨年から続いた凶作で、産婆自身が飢えていた。

そして、産声があがった。嘉六は外に出されたが、戸板の節穴に目をあてた。

「しかたあるめえ、男だもの。女なら売ることもできるんだが」

そう、おっ父が言った。おっ母が悲鳴をあげた。産婆が、嘉六の運んだ手桶に懐紙《かいし》を浸し、赤ん坊の顔にかぶせた。その日の夕方には、名前もつけられなかった弟が、人知れず埋葬された。

はっきり顔を見たことがないはずなのに、夢にでてくる弟のふっくらした頰は、いつも海に沈む夕日のような茜色《あかねいろ》だった。あれは、産湯さえつかわせてもらえなかった弟の顔についたおっ母の血だったのかもしれない。

嘉六は、お雅が置いていった椀の水を飲み、「おっ母」と、声を出した。村を出奔《しゅっぽん》したときの、病いで動けなくなったおっ母のやつれた顔が、目に浮かんだ。

いっそ、おっ母と一緒に死んでしまったほうがよかった。

険阻な山道を傷だらけで彷徨《さまよ》いながら、何度も考えたことが、また脳裏をかすめた。

おらの命は、観音様に預かってもらっている。いつ死ぬかは、観音様が決める。だから早くお会いしなければならねえ。おら、覚悟はできている。

でも、山のなかを無我夢中で歩いているときには、ため池で小鮒を釣ったり、田圃で泥鰌《どじょう》や田《た》螺《にし》を獲《と》ったりしたことばかりを、繰り返し思い出した。

本当はまだ生きていたいから、そんなことを思い出したのだろうか……。

峻厳な山中を徘徊《はいかい》しながら意識を失いそうになると、「もういい、頼んだよ」とつぶやいて、何か固い物の入った袋を手渡したおっ母の顔が目に浮かんだ。

嘉六が、突然悲鳴をあげた。地面が崩れるような、おっ母が息を引き取ったときの感覚が蘇ったのだ。思わず掌を開き、枕元に置いてあった、おっ母から渡された袋を握った。

おらのしたことは、正しかったのか……。

畑に出たお雅は、秋大根の種を蒔いている。

畑の脇に、蓬《よもぎ》が咲いていた。お雅は、その地味な花が穂のように咲いた茎を引きちぎった。兄、又八のことを考えていると我慢ができなくなった。一瞬、憎悪で顔が般若《はんにゃ》に変わった。兄は遊び人で、母を泣かせてばかりいた。

見ず知らずの行き倒れを、なぜ介抱する気になったのかしら。

温かい土を足裏に感じながら、さっきから、それを考えている。

お雅は、浜辺で兄と戯れている夢を見ることもあった。まだ幼い兄……。

団栗のような眼が、親に叱られた悪戯《いたずら》っ子《こ》のように涙で潤んでいる。夢のなかの兄は、いつも悲しそうだった。

寝苦しい夜には、うなされることもあった。兄が、恐ろしい顔であらわれるのだ。その眼窩《がんか》はくぼみ、自ら嚙み切ったのか、唇が裂け、頰には火傷があった。

そういう時、お雅は、怖いというよりは悲しくて、夢のなかで泣きじゃくって目覚めた。兄の恐ろしい顔は、葬儀さえ許されなかった父の顔だったから。

父は、十一年前の大飢饉の時、百姓を代表して年貢減免を大和高取藩に訴え出た。藩政を批判する百姓の訴えは、すべて一揆と見なされたが、父は、それを覚悟していた。

拷問されても仲間の名を明かさず、一揆の首謀者とみなされた父は、ただ一人、処刑されることになった。通常なら、家族や村役人も咎められるのだが、訴状の正当性を認めた藩は、父一人を磔《はりつけ》にして結着をはかったのだ。父の訴えが藩を動かし、年貢は減らされることとなった。

処刑直前に、又八は父と会った。そこで何があったか、又八は家族にさえ話そうとしなかったが、そのときから、又八の性格が変わってしまった。父の死後、それまでお雅に優しかった兄は野良仕事を投げ出し、博打に明け暮れるようになった。

お雅も処刑に立ち会った。自分の死が多くの百姓を救ったことに満足していたのか、処刑された父の顔は誇らしげだった。

女手ひとつでお雅と又八を育てた母も、二年前に死んだ。賭場にいた又八は、母の死に目にも会いに来なかった。兄を憎む心と、幼少時の兄の思い出とが、お雅の心のなかで風車のように回っていた。

お雅は仮面をかぶって、般若の顔を、たった一人の肉親となった兄に隠し続けた。

拾ってきた行き倒れが気になった。若いというだけが取り柄の、根笹《ねざさ》のような体つきをした死に損ない……。

義侠心に長《た》けた父なら、こんな若者でも見捨てないだろうと思ったのが、男を救うきっかけとなったのだが、それだけではなかった。

この人、こんな路傍《ろぼう》ではなく、別な場所で死にたがっている。

瀕死の姿を見て、そう感じたのだ。

この人を、ここで野垂れ死にさせてはならない。父のように、ちゃんと、死ぬべきところで死なせてやらなければ。

泥だらけの男の顔を見て、なぜか、ふと思った。うまく、そのときの気持ちを説明できなかったが、泉水に差した陽光が水を輝かせるように、この男の命を輝かせている光を直感したのだ。しかし、その光が何なのか、お雅には見当がつかなかった。

嘉六と名乗った寂しげな顔をした若者は、しきりに何かを欲しがっている。それを手に入れたのなら、蠟燭の蠟が尽きるように、命の炎が自然と消えていくにちがいない。

磔になった父は微笑んでいた。鑓《やり》で胸を突かれても、拷問の跡が残ったその顔は満足げだった。その父を照らしていた光と同じ光を、お雅は嘉六に感じていた。

畑の傍らに石地蔵が祀《まつ》られている。その地蔵には、衣にすがりつく赤子が彫られていた。小さな祠《ほこら》に鎮座した一尺ほどの地蔵だったが、供え物が絶えなかった。

お雅は、母から、このお地蔵さんは堕胎した子どもの魂を極楽に誘《いざな》ってくれるんだ、と聞いた。行き場のなくなった魂を救ってくださるお地蔵様。

お雅は、もちろん堕胎したことはなかったが、畑仕事の前に、いつもお地蔵様に合掌した。そうしていると、お地蔵様が自分の心に入り込んで、兄を憎む気持ちが薄らぐような気がした。

お地蔵様が、あの男を救えとお命じになったのかしら……。

嘉六と名乗った若者は、お雅の作った雑炊を、数日間むさぼるように食べ、十日も経つと木の枝を杖にして歩けるようになった。自分のことを、あまり話そうとはしなかったが、又八の品のない冗談に、笑顔を見せるようになった。

ある晩、飯を食いながら、又八が嘉六に話しかけた。

「牛の穴《けつ》に手を突っ込むと、二の腕まで、ズブッと入ってしまうそうだ。おめえ、知っていたかい」

嘉六が「知らねえ」と首を振る。

「そいつを雄牛に試した奴がいた。雄牛は気持ちがいいもんだから、あそこが固く膨らんでよ、それが地べたにつくぐらいになって、その固い奴で土を引《ひ》っ掻《か》く。鋤《すき》をつけねえでも、畑が耕せたって言うぜ」

お雅が「まあ」と言って顔を赤らめた。箸を止めた嘉六が、「穴に手を突っ込んだ男はどうなった?」と訊くと、又八は「手を抜かずに畑仕事に精を出したそうだ」と言って破顔《はがん》した。

こんなふうに、嘉六は次第に兄妹と馴染むようになった。事情を知らない者には、三人は家族のように見えたかもしれない。行き場のない嘉六には、お雅の心遣いと又八のたわいのない軽口が嬉しかった。

秋も半ばになると、嘉六の体力がすっかり回復した。寡黙だったが、野良仕事に馴れているようなので、お雅と一緒に畑に出るようになった。頼りない兄と違って、男手は有難かった。

畑の傍らの地蔵を拝んでから、お雅は野良仕事を始める。芽の伸びた大根畑の雑草を抜き、もう一枚ある畑では、蕎麦の実を収穫した。

お雅は、夏に畑一面に咲く淡紅色の混じった白い蕎麦の花が好きだった。実を粉に挽《ひ》いて湯で練ると、良い香《か》のする蕎麦掻きができた。これも好物だった。

鼻歌まじりに黒い蕎麦の実を採りながら、お雅は傍らで働く嘉六の様子を窺《うかが》った。畦に咲いている深紅の彼岸花に目を奪われているようだった。お雅は、父の流した血を連想する彼岸花が嫌いだった。

「血みたいな色ね」

そう言われて狼狽した嘉六が、「おらも、そう思う」と言った。

「嫌いだわ」

「おらもだ」

収穫の手を休めたお雅が、祠《ほこら》の前で腰を屈め、地蔵に合掌した。

「赤子が、地蔵様にすがりついているみたいだ」

「子安地蔵、というのよ」

薄の花穂《かすい》を抜いた嘉六が、地蔵にすがる赤子を花穂で撫でた。まるで、あやしているようだった。

「おらにも、弟がいた」

「初耳ね。何をしているの?」

顔をゆがめた嘉六が「生まれてすぐ死んだ」と答えた。

しばらく黙っていたお雅が「命ってむなしいわね」とつぶやき、膝の上で震えている嘉六の拳を掌で包んだ。

「おら、なぜ生きているのか、分からない」

「死にたいの?」

怯《おび》えた兎のような眼をした嘉六が、首を横に振って、お雅の手を振り払った。

お雅は、自分のなかにわだかまっている泥のような感情を吐き出してしまいたかった。

もう一度嘉六の拳を強く握った。額の汗が目に入って痛かった。目を瞬《しばただ》いていると涙が出て、嘉六の顔がゆがんで見えた。

お雅は、確かで温かい物が欲しかった。たとえて言えば、まだ目の開《あ》かない乳児が、母の乳首を探り当てるように。

目に入った汗が涙で流れてしまうと、嘉六の顔がはっきり見えた。今まで気づかなかったが、眉間《みけん》に黒子《ほくろ》があった。お雅は、その黒子を指先で撫でた。

嘉六は、お雅の頬を、さっき地蔵にすがりつく子どもをくすぐっていた薄の花穂で撫でた。お雅が微笑んだ。泥のような感情に、陽光が射した。

「故郷では、田を耕すころ、田一面に蓮華草《えんげそう》が咲く。それを鋤《す》き込《こ》むと土が肥える。そのころには、ため池で小鮒が釣れる。焼いてから煮ると美味《うま》い」

「ため池？」

「ここらでは見かけないが、田植え時分、飛鳥川の水が少ないときに、池に溜めた水を田に流す」

「飛鳥川？　あんた大和国から来たの？」

嘉六が頷いた。

「村に、大層由緒ある大仏様があって、その近くに住んでいた」

お雅と話していると、故郷の楽しかった思い出が脳裏に浮かんだ。夏になると、水の張った田では泥鰌を獲り、大仏様の西側の丘に登って、苔桃《こけもも》の実を採った。

「お伊勢様に参拝したら、飛鳥村に帰るのね」

「いや、帰る家はない」

嘉六が花穂を捨てた。懐に手を入れ、死に際《ぎわ》のおっ母から手渡された袋を握った。立ち上がったお雅も薄を抜いた。その花穂で、嘉六の頭を撫でた。

「ここにいたらいいわよ。好きなだけ」

梢から百舌《もず》の鋭い鳴き声が聞こえた。お雅が、嘉六の脇に座った。

何もかも忘れて、男に抱かれたいと思った。嘉六でなくともよかった。泥のような感情を清水に変えてくれるのなら。

「抱いて」

勝気な顔から涙が零《こぼ》れた。

体が回復してからも、嘉六は、お雅にさからったことがなかった。流れ者の自分を拾ってくれて、野良仕事を手伝う代わりに食わせてもらっている。

お雅は、嘉六と一緒にいると、田植え時の水のような温もりに包まれた。嘉六も同じだった。ふっくらとしたお雅の耳たぶをしゃぶり、舌先を耳に入れた。お雅が百舌のような声をあげ、嘉六の眉間の黒子を愛撫しながら口を吸った。

木苺のような乳首を舐め、熟した無花果《イチジク》のようになった股の奥を指でこねまわしていると、お雅の喘《あえ》ぎが高まった。上半身が、痙攣でも起こしたように、時々こわばった。

何かに夢中になっていれば、一瞬でも苦しみが消えると、お雅は考えているようだった。

お雅に促されて体を重ねた嘉六の浅黒い尻が激しく動いた。二人の脇では、風に吹かれた彼岸花が赤い花弁を揺らしていた。

何も考えずに、いつまでもこうしていられたら。

乳房の谷間に隠れた黒子を愛撫されながら、お雅はそう思った。

顔を上げると、輪のように二疋が連なった赤蜻蛉が飛んでいた。雌雄が交接しながら飛ぶこの赤蜻蛉のように、お雅は、このまま嘉六とどこかに飛んでいきたかった。

二章　兄妹

父親が刑死してから、又八は、汗と煙草の臭いの充満した賭場に入り浸っていた。賭場は観音浄土寺境内の納屋で開帳され、参詣人や近隣の人々で賑《にぎ》わった。

又八は、丁半の目を読み違えても、「次は勝つから」と、負けを気にしなかった。賭場の臭気を嗅いでいるだけで、後頭部が痺れるような快感を覚えた。その快感のために銀《かね》を賭けているようなものだった。

賽子《さいころ》が振られ、盆茣蓙《ぼんござ》に伏せられた笊壺《ざるつぼ》の前で「よござんすか。どちらも、どちらも」「丁方ないか、半方ないか」という、錆の効いた中盆《なかぼん》の掛け声のあと、「揃いました。勝負」と壺が開かれる。勝負の結果よりも、そのときの高揚感が、又八には、毎日食う飯のように必要だった。

今夜は、空翔《くうしょう》と盆茣蓙を挟んで向かい合っている。これから又八と空翔との指勝負《さししょうぶ》が始まる。銀がわりの駒札が積み上げられていくにつれ、二人のまわりを、客が取り囲んだ。

どちらかが引けば、指勝負は成り立たない。相手の胆力を試すかのように、賭け銀が増えた。銀五十両分の駒札が積みあがったところで、中盆が勝負を促した。

二人は互いに相手の目を見ないようにした。見てしまうと、心が乱れて勘が狂ってしまう。空翔は、しきりに右手を揉んでいた。二、三歳のころ骨折した右腕の骨接ぎに失敗して以来、右手が不自由だった。

又八は、空翔の投げやりな博打が気に食わなかった。空翔は、勝つためなら人でも殺しかねない又八を憎んでいた。二人の反感が募って、賭場ではめったに行われない指勝負となった。

又八は銀に執着している、と空翔は思っていたが、実はそうではない。銀にこだわっているのではなく、勝負そのものに陶酔していたのだ。

いずれにしろ、殺人をも厭《いと》わないような執念深い博打を見ていて、空翔は、こいつを追い詰めてやろうという気になった。

又八は、胴元に随分借銀を重ねていた。江戸で博徒を傷つけて島流しとなり、赦免後、この地に流れてきたという胴元は、空翔に勝たせるようにと壺振りに命じていた。

経験を積んだ壺振りは、壺をあけるときのわずかな動きや、壺のなかに張った毛髪で、思い通りに賽子の目を出すことができた。

胴元は、又八を借銀でがんじがらめにして、男好きのする妹のお雅《まさ》を、女衒《ぜげん》に売り飛ばすつもりだった。その銀をいかさま博打で又八から捲き上げたほうが、今貸している銀を回収するより、多額の儲けになる。

二人の賭け銀は銀五十両。銀一両は四匁《もんめ》三分《ふん》だから、しめて銀二百十五匁。金貨に換算すると、約三両二分《ぶ》の大銀である。

「又八さん、頑張りなせい。あんたの借銀は銀五十両たまっているが、これで勝てばちゃらになる」

胴元が猫なで声を出した。

又八が博打にのめり込むようになったのは、十一年前の出来事を忘れたかったからである。あのときの情けない自分を、記憶から消し去りたかった。

父が刑死した日から、又八は人が変わったようになった。妹のお雅も母も、その理由を知らなかったが、絶対に口にできない秘事が、又八の心を蝕《むしば》んでいた。

父の処刑される前日、又八は、牢に呼び出された。死を覚悟した父の潔い態度に感銘を受けた役人が、ひそかに、その願いをかなえたのだ。

「俺が死ななければ、もっと多くの村人が死ぬことになる。お前のせいで、死ぬのではない」

又八はうつむいたまま、そう言った父の顔を直視できなかった。隠し立てをすれば拷問の果てに死罪だと脅《おど》された又八は、父が一揆の首謀者だと役人に漏らしてしまったのだ。

父は、息子の裏切りを知っていた。役人が罪科《つみとが》の証拠に、又八の証言を話したにちがいなかった。号泣する又八の手を、父は強く握った。

処刑当日、磔台に縛られた父は、又八のほうを向いて微笑んだ。拷問されて顔の変わった父の微笑みが、今も又八を苦しめている。賭場にいるときにだけ、この苦衷《くちゅう》から逃れることができた。

一方、空翔は博打を好んだが、賭けに勝つことに関心はなかった。大坂で裕福な呉服問屋を営む実家が放蕩息子に愛想を尽かし、多額の寄進をして空翔を観音浄土寺の住職にした。息子の行く末を、寺から買ったようなものである。

渡海するといっても、老衰して死ぬ直前か、場合によっては死後に、水葬のように渡海船に乗せられるはずだ。それまでは、のらりくらりと、住職を務めていればいいだけだ。

空翔は、そんなつもりでいた。

僧になったとはいえ、「飲む、打つ、買う」の生活は、昔と変わらなかった。剃髪《ていはつ》したことで、戒律を犯す快感が増えたようなものだ。誰かが役人に訴えれば処罰されるが、空翔は、そんなことには頓着していなかった。

女と寝たければ寝ればいい。寝たいのに我慢すれば、女に執着心が起こる。そういう縛られた生き方を、したくない。賭博をしたければすればいいのだ。そうすれば執着心から逃れられる。博打に負ければ負けるほど銀《かね》を欲しがるような奴は、しょせん阿呆だ。

空翔には、又八のような博徒は阿呆に思える。阿呆が、どこまで博打に執着するのか、試してみたかった。

胴元に促されて壺振りが賽子を振った。又八は丁、空翔は半に、銀五十両を賭けた。

結果は、胴元の思惑通り、四三《しそう》の半で空翔が勝った。又八は、前の借銀と合わせて、胴元から銀百両を借財することとなった。

賭場が閉まると、お雅のもとに帰った。さすがに、気おくれがした。体力の回復した嘉六《かろく》は、納屋に寝泊まりしていたので、母屋にはお雅しかいない。

女の臭いのする夜具の積まれた部屋で、又八は妹に言った。

「おめえが楽に暮らせるようにしたかったんだ。でも、今夜はついていてねえ。また負けちまった」

又八は、「すまねえ」と筵《むしろ》に額を擦《こす》りつけた。妹のために博打をしているわけではなかったが、言い訳していているうちに、自分のついている嘘が本当のことだと思えてくる。

「兄《あん》ちゃんは悪人ではない。父さんの子だもの」

悲しげにうつむいたお雅がそう言うと、又八は「親父は、阿呆だ」とつぶやいて、悄然《しょうぜん》とした。

「父さんの悪口を言うなんて……」

「正しいことをしても、死んでしまえばそれまでだ」

口元をゆがめた又八の、女の唇のように形の整った薄い唇が震えた。

俺は、死ぬことを恐れて、親父を裏切った。生きるということはそういうことだ。親父こそ、俺を殺してでも、生き残るべきだった。そうして欲しかったのに……。

「親父一人が罪をかぶって死んだおかげで、村の年貢は減った。でも村の百姓どもは、役人に捕らえられた親父を見殺しにしやがった。その上、科人《とがにん》の家族だと、俺たちを村八分同然の目にあわせたじゃねえか」

「わたしも悔しかったよ。でも親しくしているところを見つかって、一揆の仲間だと疑われるのが、きっと怖かったのよ」

「いや、あいつらは銭次第だ。風になびく薄みたいに、銭だけには、ぺこぺこと頭を下げる。年貢が減って銭が儲かれば、誰が死のうが、かまわねえんだ」

又八の頬が痙攣した。自分もあいつらと同じだ、親父を見殺しにした、と思ったのだ。

「銭なんかに目もくれない人だっている」

「誰だ、そんな奴は人ではない」

憎々しげに言い放った又八が筵に体を投げ出し、背伸びをした。

結局、私が好きになるのは、そういう人なのかしら。嘉六さんのような……。

「嘉六さんは、銭なんかにこだわっていない」

お雅は、情を交わし合っている時、眉間《みけん》の黒子《ほくろ》を舌で舐めてやると悪戯《いたずら》っ子《こ》のような笑顔になる嘉六が好きだった。一緒にいると、兄と遊んでいた子どものころのような満たされた気持ちになった。

「嘉六？　お前、惚れてるのか」

仲良く野良仕事に出かける二人を見ていると、妹を奪われたような嫉妬の感情が湧いて怒鳴りたくなることがしばしばあった。

「あんな流れ者のことは忘れてしまえ。いずれ、ここを出ていく」

又八が、わざと小馬鹿にしたような声を出し、賭場で座り疲れた股を揉み始めた。

お雅は、まだ一か月も一緒に暮らしていなかったが、嘉六のいない生活は考えられなくなっていた。干潟の潮溜まりに残された小魚のように、嘉六という海水が消えてしまうと、自分も死ぬような気がしていた。

「銭のためなら無間地獄《むげんじごく》に堕ちてもかまわねえ、と思うのが、人の世の常だ。みな、そうやって生きてる。嘉六だって、そうに決まってらあ」

古綿を薄く詰めた継ぎはぎの掻巻《かいまき》だったが、ここ数日賭場に泊まっていた又八には久しぶりの寝床だった。

体を伸ばし、口元まで掻巻をかぶると、すぐに鼾《いびき》をかき始めた。幼子のように熟睡する兄の顎を、お雅は指先で撫でてみた。

幼いころ、添い寝する父にそうしたものだ。あのときと同じように、無精髭が指先にあたってくすぐったかった。

翌朝、又八は島帰りの胴元から、観音浄土寺の本堂の裏に呼び出された。

「銀百両、きっちり返してもらうぜ」

賭場では優しげな声で話す胴元が凄《すご》んだ。

「親分、今は銀がねえ。次の勝負で、絶対に勝ってみせる」

「ぼけ、舐めるんじゃねえ」

怒鳴るたびに頬の切傷が痙攣した。懐に手を入れた数人の博徒に囲まれて、又八が震え出した。急な坂道を下りた時のように、膝が笑い出す。

「指詰めるだけじゃあ済まねえ。腕一本切り落とすぞ」

目を吊り上げた博徒の一人が懐から出した匕首《あいくち》を抜いた。たまらず、又八が失禁した。

「汚えなあ。臭え、臭え」

博徒たちが囃《はや》したてる。

「払えねえなら、妹の体を売っ払っちまいな」

と、胴元が足払いをかけた。無様《ぶざま》に転倒した又八を博徒たちが踏みつけた。蹴られまいと頭を抱えた腕から、袂《たもと》がちぎれた。

「あと一か月待ってやる。盗んだってかまわねえから、銀百両用意しておけ。返せねえなら、妹に因果を含めておきやがれ」

胴元が又八の襟首を摑んで、さらに顔を殴ろうとした。又八が、グエエッと、踏みつぶされた蛙のような悲鳴をあげた。

「ここで、喧嘩は困るぞ」

止めに入ったのは、庫裏《くり》からあらわれた空翔だった。一瞥《いちべつ》を投げた胴元が、半白の鬢《びん》を掻いた。

「いえ、こいつに浮世の義理を教えておりましたんでさあ」

「拙僧は、寺の境内で親分に開帳を許している。お役人にばれれば、これだ」

と、空翔が手刀で首を叩いた。

「拙僧も、一人だけで地獄に堕ちるのは淋しい。冥途の道連れがいたほうが楽しいぞ、親分」

「分かっておりますよ、空翔様、お上人様」

にやついた胴元が「一蓮托生《いちれんたくしょう》ってやつでござんすね」と、懐手《ふところで》をした。

「今日のところは、この辺で。又八、忘れるんじゃねえぞ」

倒れたままの又八を睨み付けた博徒たちが立ち去った。口元が鼻血で汚れていた又八に、空翔は鼻紙を手渡した。その紙を丸めて鼻孔に詰めたまま、「ちくしょう」と又八がうめいた。

空翔は「話がある」と、又八を庫裏《くり》に誘った。

「お前、臭いぞ。そこの井戸で体を洗え」

「うるせえ」

と、又八が上《あが》り框《がまち》を蹴った。無様なところを見られた又八は、八つ当たりの矛先を空翔に向けた。何を食っているのやら、太って肌に艶のあるこの坊主が無性に憎かった。

「えらい剣幕だな。お前、来月までに銀百両、用意できるのか」

そう言われて二の句が継げない。落ちていた片袖を拾ってきた空翔が又八に手渡した。

「実は、銀百両の儲け口がある。いや、もっと出してもいい」

と、框《かまち》に腰かけた空翔が言った。

渡海はまだ先のことだと、高《たか》を括《くく》っていた空翔だったが、本山から近いうちに渡海するようにと命じられたのだ。見事に渡海した先代西澄上人《さいちょうしょうにん》と比べて、何かと噂の聞こえてくる空翔を渡海させて悪評を断とうとしたのか、急なことだった。空翔には寝耳に水である。

冗談ではない。殺されてたまるか。

空翔は、激しく反発し、自分に代わって補陀落渡海《ふだらくとかい》する男を探していた。

晩飯を食い終わった嘉六《かろく》が、家の裏手に又八から呼び出された。空翔から、渡海の身代わりを探していると言われた時、又八は、「心当たりがある」と応じた。

空翔は、銀百両で又八本人を雇うつもりだったのだが、臆病な又八にその気はなかった。どこの馬の骨かも分からない嘉六を身代わりにして、銀百両を捲き上げるつもりでいた。

「ここに住む気はねえか?」

優しげな声で、そう言った又八の濃い灰色の瞳が、落ち着きなく動いた。

「ありがたい話だが、住みつくつもりはねえ」

素っ気なかったが、本音だった。嘉六は、死に際《ぎわ》のおっ母と交わした約束を果たさなければならなかった。

親しげに嘉六の肩に手を置いた又八が、猫なで声で囁《ささや》く。

「おめえ、お雅と夫婦《めおと》になりたくはねえのかい」

「夫婦?」

考えてもいなかったことを言われて、嘉六は狼狽した。

お雅さんと一緒にいると、おら、子どものころ村で遊んでいたときのような気持ちになる。夫婦か……。

嘉六の沈黙を肯定ととった又八が、血走った団栗眼《どんぐりまなこ》を剝《む》き出した。

「夫婦になればいいと俺は思ってる。だがよ、実はお雅が大変なんだ」

自分の博打のせいだとは言えなかったが、又八は、「このままではお雅が女郎に売られる」と、空涙を流しながら嘉六をかき口説き始めた。

「おめえが渡海船に乗れば、女郎にならずにすむ」

「渡海船?」

「空翔の代わりに、観音のいる補陀落山《ふだらくせん》に船出するのよ。そうすりゃ銀百両が貰える。なに、沖に出てから抜け出せばいい。泳げれば、造作もねえことだ。おめえ、泳げるだろう」

又八は、渡海僧は短刀を持ち込むことが黙認されていると、空翔に言われた。その短刀で、船の屋形の板壁を破ればいいと、嘉六を説得したが、実のところ板壁は頑丈で、短刀で破壊できるはずもなかった。

「おら、観音様に会えるのか?」

しばらく考え込んでいた嘉六が、強い口調で訊いた。

「観音様？　だから、往生する前に船から脱けるんだよ。おめえ、阿呆か。坊主でもないおめえが観音に会っても仕方あるめえ」

見知らぬ生き物にでも出くわしたような顔をした又八に、嘉六が念を押した。

「補陀落渡海が、おらにもできるのか？」

「できる、できる。そうすりゃ銀百両だ。お雅も救える」

これで、やっとおっ母《かあ》との約束を果たすことができる、と考えた嘉六が頷いた。

内心では「してやった」と小躍りした又八だが、「よく決心してくれた」と感極《かんきわ》まったふりをして、嘉六の手を強く握った。

嘉六がお雅に会った時、お雅は、畑の隅に咲いていた野菊を、鎌で刈って嘉六にくれた。鞠がへこんだような笑窪が愛らしかった。

梢から百舌《もず》の鋭い鳴き声が聞こえた。

嘉六と一緒に野良で弁当を使ったお雅の口中には、沢庵《たくあん》の臭いがまだ残っていた。嫌いではなかったが、お雅は、いつまでも消えない糠《ぬか》の臭いに、いつも不快感を持った。

竹筒《ささえ》の水で、何度も口を漱《すす》いだ。いつものように、ここで嘉六と睦《むつ》み合《あ》うつもりだったから。

嘉六が、空翔和尚の身代わりになると打ち明けた。

嘉六がくれるという空翔和尚の支払った銀《かね》で、兄又八の借銀を返せたとしても、今のお雅の気持ちは、歯にこびりついた沢庵の臭いに似ていた。ゆすいでもゆすいでも消えない兄への不快感。

野菊の花弁を指で撫でていた嘉六が微笑んだ。

「懐に小刀を隠して、そいつで屋形の板壁に穴を開けて渡海船から抜け出せばいいそうだ。そうでもしなけりゃ、お雅さんは女郎に売られる、と又八さんに泣きつかれた」

さっき囓《かじ》った沢庵が、お雅の奥歯にはさまっていた。鎌で切った小枝の先でほじくりだした。嫌いな糠の臭いが口中に広がった。

「自分が和尚様の身代わりになることだって、兄《あん》ちゃんにはできたはずなのに」

お雅が立ち上がって嘉六の脇に座った。何もかも忘れて、好きな男に抱かれたかった。野菊を脇に置いた嘉六が「一日経ったら戻って来る」と安心させて、お雅を抱いた。


宝永四年仲秋《ちゅうしゅう》八月。

顔を麻布で覆った白装束の嘉六が船縁《ふなべり》に足をかけた。浜のお雅に向かって、いつもしているように、鼻のあたりに引いた右手を「よっ」と振った。山に、薪を拾いにでも行くようだった。右手が不自由な空翔なら、そんなことはできないはずだが、見物人は気づかないようだった。

分かっているのかしら。

小船にしつらえた、鳥居を配した窓のない屋形には、水の入った樽とわずかな食い物しか積まれない。食い物の絶えた密室で、何日も、いや何十日も、読経しながら命を燃やし尽くさなければならない。

やがて、芯だけになった蠟燭のように、命の灯が消える。

僧の入る屋形の出入り口は、厳重に厚板で封印される。成仏を妨げさせないための配慮だが、お雅には、飢えに耐えかねた僧が、海に投身しないようにしているとしか思えなかった。

もし、脱け出せなかったら、死ぬしかないのよ。分かっているのかしら。


数日前、嘉六とお雅は、渡海を経験した乞食の坊様を訪ねて、そのときの様子を聞いた。

村人から「犬」と蔑《さげす》まれていた坊様は、「胸を突く短刀がなければ、舌でも噛み切るほかない」と顔を顰《しか》めた。嘉六は「そんなことはしない」と言い返した。

「餓鬼になるか、仏になるか。てめえの血を啜《すす》りながら、渡海船の屋形のなかで、じっくり考えるんだな」

小指の欠けた坊様が、器用に栃餅《とちもち》をちぎって口に入れた。ゆっくり噛んで呑み込んだあと、口に戻して牛のように反芻する。お雅は、こんな食べ方を見たことがなかった。

脱出に失敗して船が風に吹き戻されたとしても、お雅は、根笹《ねざさ》のようなたよりない体つきの嘉六が、腹だけ膨れた餓鬼のようになるのを見るのは嫌だった。

それに、今は波が穏やかだが、秋の海は恐ろしい。天候が急変し、渡海船を波が打ち砕いてしまうかもしれなかった。自分のせいで、嘉六が危険を冒すのだと思うと、胸が裂けそうになった。

昨晩、夢を見た。嘉六に抱かれていた自分が突然、狂犬のように牙を剝《む》いて嘉六に嚙みついたのだ。嚙まれた嘉六の顔が父の顔に変わった。目が覚めると、眠っていたはずの自分の眼が涙に濡れていた。

嘉六さんがいなくなったら……。

そう思うと、父が死んだときと同じ気持ちになって、また涙が溢れた。怒ったような顰め面をしている嘉六の横で涙を零《こぼ》すお雅を、「犬」が、不可解なものでも見るように、じっと見た。

観音浄土寺の空翔和尚が渡海するという話を聞いた近隣の百姓や漁民が、夜明け前から集まってきた。なにしろ、単身で海を渡って、観世音菩薩のいらっしゃる補陀落山《ふだらくせん》に赴くという、古代から続けられてきた神聖な行事である。

徳川の御世《みよ》になってからは、臨終間際か、すでに寂滅《じゃくめつ》した僧を渡海船に乗せることが多くなったが、即身成仏を志した先代西澄上人は元気なまま渡海したので、空翔もそうするだろうと噂されていた。

そういう噂、つまりは善男善女の願望に応えようとした本山の命令で、補陀落山など信じていない空翔は渡海せざるをえないことになったのだ。嘉六は、その空翔和尚の身代わりになろうとしている。

波の音に混じって初雁《はつかり》の声が聞こえた。

誰かが小声で「南無阿弥陀仏」と唱えた。それに合わせて念仏を口ずさむ人が増えた。

打ち寄せる大波のように念仏が渡海船を呑み込んだ。嘉六は、白衣の懐に潜めた木綿袋を握った。

なかのものは、誰にも見せたことがない。お雅も知らなかった。故郷の飛鳥村から逃げた時、死ぬ間際のおっ母から託されたものだった。

海の向こうの観音様は、おっ母とおらを許してくれるだろうか。

嘉六は薄明の海に目を向けた。

「痩せ細ってしもうて、南無阿弥……ありがたいことじゃ」

お雅の隣にいた老婆がつぶやいた。片目がつぶれているようだった。

太った和尚様が、あんな体つきになるはずがないのに、勝手なことばかり言って……。

中高《なかだか》な鼻を指先で掻きながら、お雅はそう思った。二重瞼の眼を寄せて鼻を掻くのは、苛立っているときの癖だった。

「きっと五穀断ちをして、この日に備えられたのじゃ。先代の上人《しょうにん》様がそうじゃった。南無阿弥陀仏、南無阿弥陀仏」

老婆が目やにのこびりついた手で合掌した。米・麦・粟《あわ》・黍《きび》・稗《ひえ》を食べない五穀断ちとは、もともと即身成仏するための作法なのだが、先代西澄上人は、渡海前に、それを実践した。

「米や麦を食わないで、何を食っていたんだ」

見物に来たらしい漁師が訊いた。

「岩屋にこもって栗や栃の実、蕎麦や野菜だけを食ったそうじゃよ。五穀断ちしてから入定《にゅうじょう》した体は腐らないそうじゃ。ありがたや、ありがたや」

「あの酒好き、女好きの和尚が、か?」

背伸びをした漁師が失笑した。

船の板張の上で、嘉六がもう一度手を振るのが見えた。風にそよぐ根笹のように、体が揺れていた。群生している根笹が一本だけになったようで、不安げだった。

お人よしのアホンダラが……。

空翔和尚の身代わりになって、流れ者の嘉六が渡海することを知っているのは、お雅と兄又八、それに「犬」と蔑《さげす》まれている小指の欠けた乞食の坊様だけだった。

「南無阿弥陀仏」

お雅が、小太りの体つきに似合わない甲高い声をあげた。嘉六の注意を引きたかった。

嘉六の顔を覆った布に開けた穴から、人々を押しのけて前に出るお雅が見えた。肉づきのいい体をよじり、ちぎれんばかりに両手を振っていた。山から昇る朝日を背に、剝き出しの腕が何度も交差した。

嘉六も、我を忘れて叫んだ。言葉ではなく、根笹が強風できしんでいるような唸り声にしかならなかったが……。

昨日は「一日経ったら戻る」と、お雅に嘘をついた。これが、お雅との今生《こんじょう》の暇乞いになるかもしれないと思うと、嘉六の体が震えた。足元が崩れるような、おっ母が死んだときの嫌な感じが蘇った。

又八から身代わりの話が持ち込まれた時、嘉六はいい機会だと思った。観音浄土寺の僧でない自分は、渡海船には乗ることができなかったからだ。

おら、この船に乗って浄土の観音様に会い、おっ母のために許しを乞う。

「南無阿弥陀仏」

初めて、嘉六も念仏を口にした。二、三度繰り返すと、落ち着いた。浜に群集《くんじゅ》した人々の念仏が耳から遠ざかって、今まで気づかなかった船端の水音が聞こえるようになった。

日が昇って、辺りが、すっかり明るくなった。

もう一度、懐の木綿袋を握って念仏を唱えた。お雅に一瞥《いちべつ》を投げた嘉六は覚悟を極《き》め、もう一度、鼻のあたりで右手を振った。

嘉六が屋形にもぐりこむと、寺男が入口に嵌《は》め込《こ》んだ厚板に、釘を打った。集まった人々の念仏が海鳴りのように浜に響いた。

お雅が袖で涙をぬぐった。嘉六は戻ると約束したのに、二度と会えないような気がしたのだ。

雲間から差した陽が海を照らした。沖に向かって、曳き船に引かれた渡海船が遠ざかっていく。

嘉六は、やっと寝られるぐらいの屋形に身を横たえた。一筋の燈明が唯一の灯りである。わずかな菜種油が尽きれば、昼夜さえ分からない闇となる。

波の揺れに身を任せてこのまま寝てしまおうと思った。嘉六は、いつも二時《ふたとき》も寝ると、夢から覚めた。生まれてすぐに死んだ弟の夢を見た。弟は、夢に見る。が、夢であっても見たくない記憶もあった。

おっ母が死んでから、ほぼ半年が経つ。わずか半年だが、記憶の棘《とげ》が磨り減り、その分、記憶は重い鉈《なた》のようになっていた。

三章　「犬」と尼

寿貞尼《じゅていに》が庵近くの畑に鍬を入れた。こうして鍬を手にしていると、侍から乞食僧におちぶれた夫や死んだ子どもたちを忘れることができた。

補陀落渡海《ふだらくとかい》をしくじった夫は、村人から「犬」と呼ばれて嘲笑されていた。が、二人が夫婦だったことを村人は知らなかった。

裾をたくし上げた衣から、土色のふくらはぎが覗《のぞ》いた。初秋の陽光が土を温め、足裏のむずがゆい感触が心地よかった。掘り起こした土には、ミミズがぬたくっていた。

「土が肥えている」

と、独りごとを言った寿貞尼が微笑んだ。今日は、大根の種を蒔くつもりでいた。夫の好みが移ったのか、死んだ子どもたちも、塩辛い沢庵《たくあん》が好きだった。毎年、初秋になると大根を植え付け、小ぶりの秋蒔き大根で沢庵漬けを作った。その沢庵を、毎日子どもたちの位牌に供えた。

那智の浜が見渡せる小高い丘に庵を結んでから五年近く経った。庵近くの雑木林を開墾して、この畑を作った。畑からも海が見えた。

朝夕は涼しくなったが、昼はまだ暑かった。鍬を置き、額の汗を拭った。ヤブ蚊が剝《む》き出《だ》しの腕にたかった。舌打ちした寿貞尼が蚊を潰した。蚊の吸った血が掌に付いた。自分の血とはいえ、不快だった。血を見ると、不慮の死をとげた子どもたちを思いだした。

しばらく目をつむった。幼いわが子の無邪気な顔が浮かんでは消えた。こうして庵を結んでいても、子どもと一緒に暮らしていたころのままでいる自分に、ふと気づくことがあった。

衣で何度も掌を拭ってから、念仏を唱えた。三十歳を越えていたが、寿貞尼の腕は、日焼けしてたくましかった。

庵を結んだ当初、出家したお武家の若い内儀《ないぎ》が住んでいると聞いて、見物に来た村人が驚くほど、寿貞尼の畑仕事は堂に入っていた。しかし、この尼がお武家の出ではなく、貧乏庄屋の娘だったという噂が伝わると、村人の好奇心も萎《な》えたようだった。

嫁入り後も、屋敷の庭で、嫁入り前と同じような畑仕事をした。出家したあとも、雑木の根を掘り、石を除けて畑を作った。寿貞尼は力仕事で汗を流すのが好きだった。

鍬を振り上げた寿貞尼に、留守番を頼んでいた百姓娘が来客を告げた。

「いつもの乞食の坊様じゃけんど、今日は腹、すかせてるぞ」

鼻汁を垂らした赤子を背負った小娘が舌を出した。寿貞尼は懐から数珠を取り出した。

夫を恨んではならない。

これまで何度も自らに言い聞かせたことをまた繰り返して、数珠を爪繰《つまぐ》った。

しかし……、恨んでいないわけがない。忘れようと思っても忘れられない。罪のない幼子まで、死に追いやった夫を。

村人から「犬」と蔑《さげす》まれるようになった夫と向かいあっている時、「恨むな」と念じている自分の顔が、歯を剝《む》きだした鬼のようになっているのかもしれなかった。

寿貞尼は、当歳で死んだ三之助に吸われた乳首に残った感触、幼い舌の感触が、今でも忘れられなかった。

乳の吸い方にも、子どもの個性が出る。五歳で死んだ門兵衛が乳を吸ったときには、いつも乳が口元から零《こぼ》れてしまった。三歳で死んだ太郎八は、乳房に触りながら乳を吸う癖があった。

末っ子の三之助に授乳したあとには、乳首が痛くなったものだ。

夫が家禄を受け取ることを拒んだ時、お雅は、そこにいなかった。朋輩《ほうばい》だというお侍が、夫はその場で髻《もとどり》を切ったと知らせてくれた。

もし、その場にいたなら……。

と思うと、身震いがした。

夫の咽喉笛に食らいついてでも、出家をやめさせたにちがいなかった。出家の理由を聞いた今でも、そうできなかった自分が恨めしかった。己の意地のために、家族を見捨てた夫が許せなかった。

庵では「犬」が、自分が庵主のような顔をして、湯を沸かし、寿貞尼を待っていた。足を洗った寿貞尼に、白湯《さゆ》と沢庵を出した。

「面白い話を拾ってきた」

笑っているつもりなのか、頬骨の突き出た顔が引《ひ》き攣《つ》った。

寿貞尼の向かいに座った「犬」が沢庵をしゃぶった。下の前歯が一本抜けているので、黄色い唾を飛ばしては、継ぎはいだ袖で口元を拭った。

「補陀落渡りをしたいという若造がいた」

上目遣いをした「犬」が寿貞尼の表情を盗み見た。

「家族はおりませんのか」

白湯で唇を洗った寿貞尼が、昨日の夕餉《ゆうげ》に何を食べたか尋ねるような口調で言った。しかし顔は般若《はんにゃ》のようだった。

「知らぬ。流れ者だ。付き添ってきた娘がいたが」

小指の欠けた手で「犬」が頭を掻いた。

「自分の血を啜《すす》ることになるから、やめておけ、と言ってやった」

そう言って、二切れ目の沢庵をしゃぶり始めた。

赤子を背負った百姓娘が、手持ちぶさたに石を蹴っているのが、窓から見えた。石を蹴るたびに、眠っている赤子の頭が、ガクンガクンと前後に揺れた。まるで、人形をおぶっているようだった。

庵の庭では、蟋蟀《こおろぎ》が鳴き始めた。「犬」の相手をしているうちに、すっかり日が落ちた。

寿貞尼は、石臼で昨年収穫した蕎麦を挽《ひ》き、その粉を湯で溶いた蕎麦掻きを「犬」に振る舞った。ほどよい固さの蕎麦掻きを箸でちぎって、焼き塩をつけて食べる。新蕎麦と違って蕎麦の香《か》は薄かったが、畑仕事をした空き腹には美味《うま》かった。

食事が終わると、「犬」は土間に敷いた筵《むしろ》にくるまって寝た。庵の脇に建っている、百姓道具をしまう粗末な小屋で寝ることもあった。

翌朝、二人は、雀の鳴き声で目を覚ました。昨夜挽いた蕎麦殻を庭に捨てたのだが、殻に混じった実を啄《ついば》みに、森から飛んできたようだった。

寿貞尼は、毎朝しているように、柘植《つげ》の解き櫛で髪を梳《す》いた。肩先で切った漆黒《しっこく》の髪は美しかった。

夫からこの櫛を貰ったときには嬉しかったものだ。

五年使っても、歯一枚欠けることがなかった。解き櫛を手にすると、不思議と心が落ち着いた。そして、いつものように、子どもたちの位牌に合掌し、念仏を唱えた。

まだ日中は残暑が続いていたが、朝はしのぎやすくなった。群雀《むらすずめ》が庭の蕎麦殻を啄んだあとに、山鳩が三羽飛来した。山鳩は低い鳴き声をあげながら、庵を覗き込むような仕種《しぐさ》をした。寿貞尼が、赤米（大唐米）を、一つかみ庭に撒いた。

毎朝、庵に餌をあさりに来る三羽の山鳩が、死んだ子どもたちの化身のように思えた。観音浄土に行き損《そこ》ねた夫は、普段は村はずれの掘立小屋で寝起きしていたが、抜け殻のような体を引きずって、月に何度か、庵に飯を食いに来る。寿貞尼は、夫が補陀落渡海した時、その魂だけが肉体を離れて成仏したと思うことにしていた。

今ここにいる夫は、中身のない蕎麦殻のようなもの。

寿貞尼が沢庵と梅漬けを用意している間、「犬」が囲炉裏で赤米の粥《かゆ》を炊《た》いた。

「ひさしぶりのお越しだというのに、こんな米しかないもので。気の毒なことです」

揶揄《やゆ》だと分かっていたので、杓子《しゃくし》で鍋を掻き回していた「犬」が険《けわ》しい目を向けた。

寿貞尼が微笑んだ。渡海船に乗りたいという若者がいるという話を「犬」から聞いていた昨夜の恐ろしい顔つきとは、うって変わった笑顔だった。

寿貞尼にしても「犬」にしても、姿をあらわしかねない鬼を互いに見せたくはなかった。今かぶっている仮面が、砕け散るのか、徐々に溶け出すのか分からなかったが、「犬」が渡海した日以来、二人の衣のなかには鬼が棲みついていた。

寿貞尼の笑顔につられて、「犬」が幼かった子どもたちのことを話し出した。

「お前に生ませた息子たちを、侍にはしたくなかったのだ」

そう言って、鍋蓋を少し開けて粥の煮え具合を見ていた「犬」が、顔をあげた。

「商人でも百姓でも、好きなことをやったらいい。門兵衛と太郎八には常々そう言っておった」

「それは、初耳です。あなたのように出家して、立派なお坊さんになるようにと教えていたのでは、と思っておりました」

皮肉をこめた口調だった。

「そんなことを言ってはおらん」

「犬」が憤然とした。

寿貞尼が、位牌に新しい沢庵を供えた。前日に供えた沢庵は、薄く刻んで、毎朝食べることにしていた。

自分や幼子たちを捨てた夫……。

「あなたは、家中《かちゅう》のみな様の信頼を一身に集めておられました。あなたに落ち度がないのに、どうして出家なさったのか、みな様が訝《いぶか》っておられましたが」

そう言って寿貞尼が笑った。「犬」は馴れっこになっていたが、笑い声には嘲笑の響きがあった。

優しかった夫が、江戸から戻ってきたとたん、出家を藩に願い出た。愛用の柘植の解き櫛は、このときもらった江戸土産だった。囲炉裏端に腰を下ろした寿貞尼が、帯に挟んだ解き櫛を指先で撫でた。

家禄を失い、ろくな食べ物を与えられなかった子どもたちは、次々と疱瘡《ほうそう》にかかって死んでしまった。出家した夫に何度も訴えたのに、葬式にさえ顔を出さなかった。その夫が補陀落渡海を志すなんて。

夫が渡海船に乗ったと知って食い物が喉を通らなくなった寿貞尼に、家中の侍が、渡海したはずの夫が生きていると耳打ちしてくれた。

毎朝、位牌に供えた沢庵で粥を啜《すす》るたびに、あのときの悔しさを思い出した。

「犬」が粥を椀に盛り、無言で寿貞尼に渡した。寿貞尼は合掌し、捧げ持つように椀を受け取った。「犬」は、補陀落渡海をしくじったときから合掌したことがなかった。小指の欠けた右手で箸を器用に使って粥を啜った。

表情のない、砂でも食っているような顔で箸を使う「犬」を見ながら、寿貞尼も箸をとった。

熱い粥が胃の腑に落ちた。

粥を啜る「犬」の獣じみた顔を見ていた寿貞尼が、「なぜ、あなたは死ななかったのですか」と訊いた。

「渡海船で命を絶っていれば、成仏できたのに……」

奥歯で梅干しの種を割っていた「犬」が一瞬凍りついたようになった。いつもなら食ってしまう種子を、唾液と一緒に椀に吐いた。

「成仏したくても、命が、そうさせなかった」

「命？」

白湯《さゆ》を飲んでいた寿貞尼が、形の良い鼻に手をやって笑った。

「死んだ子どもたちのためにも、腹を召されればよかったのに」

「犬」は匕首《あいくち》を懐に隠して渡海船に持ち込んだ。志が遂げられなかった時、自分の命を絶つためである。

「成仏と、腹を切るのとは違う」

「犬」が、胸を掻いた。薄汚れた衣から刀の切り傷が覗《のぞ》いた。

「仏になるには、蠟の尽きた蠟燭のように、静かに命の炎が燃え尽きねばならぬ。そうやって死ぬことを、命が拒んだ」

「生きる目的を失ってでも、ですか」

「生きることに、目的はない。命に力がある限り、人は生き続ける」

子どもたちは命に力がなかった、と言うのか。

寿貞尼の顔が、一瞬般若《はんにゃ》に変じた。

そして、穏やかな口調だが、皮肉をこめて「死ぬのが怖かっただけでしょう」と言った。

「犬」が、その顔を睨み返した。

「匕首で腹を切るかわりに、小指を裂いて我が血を啜った。水が無くなると、小便を飲んだ。命が、そうさせたのだ」

「犬」が、抜けた前歯から唾を飛ばした。

「あなたの命など、燃え尽きればよかったのに」

そう、つぶやいた寿貞尼を虚《うつ》ろな眼で睨《にら》んだ「犬」が、「死んだのは、我が子だけではない」と言い返した。

渡海船は、板壁に比べ、桧皮葺《ひわだぶき》の屋根がもろかった。そこに目を付けた「犬」は、匕首で屋根を破り、外に出た。傷つけ、血を啜った小指が痛んだ。傷口が化膿していたので、その指を切り落とした。

最初の補陀落渡海で、「犬」は観音浄土に行き着くことを断念した。江戸や国元で死んだ者たち、そして子どもたちの供養にはならぬ、と悟ったのだ。

子どもたちが次々と命を落とした時、葬式にさえ行かなかった。顔を出せば、砂山が崩れるように己の意地が崩れてしまうと思ったのだ。「犬」は、立ち上がりたくなる自分の股を小刀で刺して悲しみに耐えた。

侍だったころ、「犬」は江戸で上意討ちを命じられた。

主君の小姓との関係を疑われた無実の朋輩《ほうばい》を、命じられたままに斬ったのだ。その侍の妻は、国元で幼子の命を絶ち、自ら喉を突いた。「犬」も朋輩と斬りあった際に深手を負い、その傷跡が肩から胸にかけて残っていた。

妻には相談もせず、出家した。妻子を、己の意地に捲き込むこと、そして妻子を慮《おもんぱか》るあまりに己の意地が挫けることを厭《いと》うたのだ。出家した後、理由を説明したが、妻は納得しなかった。子どもたちが疱瘡で落命し、そのとき離縁した妻も出家して寿貞尼と名乗った。

「犬」は、若いとき見た、五穀断ちした西澄上人《さいちょうしょうにん》の補陀落渡海が忘れられなかった。彼岸をも見通すような鋭い眼光と引き締まった口元。低く唱える念仏が時を止め、聞く者の魂を奮い立たせた。

西澄上人のように即身成仏できたなら、己の苦衷《くちゅう》が浄化されるにちがいない、と「犬」は思った。補陀落渡海を志したのは、死んだ者たちの供養のため、そして己の罪障を観音に懺悔するためだったのだが……。

屋根を破って渡海船の屋形から脱けだしたあと、「犬」は毎日海を眺めては陸地を探した。補陀落山に行き着きたいという気持ちは、とっくに失せていた。

船から、見覚えのある陸地が見えたときの喜びは忘れられない。

観音浄土に行くより、命のある限り、わしにはやらねばならぬことがある。

決して言葉にはしなかったが、蔑まれ、這いつくばって、命の炎を燃やし尽くすことが、子どもたちや、あの侍一家への供養だ、と「犬」は思っていた。

四章　鷗の助七

宝永四（一七〇七）年八月、補陀落山《ふだらくせん》を目指す渡海船の狭い船室で寝返りをうった嘉六《かろく》の体が、大きく揺れた。船が沖に出たようだ。しばらく経つと、前に進んでいるという感覚が消えた。船を沖に残して、曳き船が陸《おか》に戻ったらしい。

渡海船は波に漂っているだけだった。

何をしていいのか、わからなかったので、嘉六は横になったままでいた。しばらく、そうしていると屁が出た。暗闇のなかで、無意識に懐の袋に触った。

おっ母《かあ》に預かったものだ。失くしちゃならねえ。

袋の中身の確かな感触が、嘉六を落ち着かせた。

ふと、思いたって、木綿袋と一緒に懐に隠していた小刀で、板壁を削ることにした。油を節約するため灯りを消して作業したので、思っていたより手間がかかった。

親指を小刀の背に当てて、刃先で鰹節《かつおぶし》でも掻《か》くように、少しずつ板を削《そ》いだ。ようやく、一寸ほどの裂け目のような穴が開いた。

額を板壁に押しつけて、食い入るように外を覗いた。穴から射す陽光で眼がくらんだ。眼が馴れると、船縁《ふなべり》の向こうに、海にへばりついた線のような陸《おか》が見えた。

何かが飛んできて、嘉六の視界を遮《さえぎ》った。

目を凝《こ》らすと、船縁に止まった鷗が見えた。鷗のほうでも、板壁に開いた穴が気になるらしく、せわしく動かしていた首をこちらに向けた。その仕種《しぐさ》が、お雅《まさ》と似ていた。

嘉六は、さっき別れたお雅の、掌に収まりきらない豊満な乳房が忘れられなかった。

観音様に会いに行くのに、未練がましいぞ。

そう思ったが、お雅が恋しかった。鷗が羽ばたいた。

こいつ、おらと一緒に浄土に行って、極楽鳥にでもなるつもりか。

嘴《くちばし》や羽色を見ると、まだ幼鳥のようだった。嘉六は板壁の穴から空を見上げた。鱗を重ねたような鰯雲が見えた。

小刀と一緒に懐に隠していた九年母《くねんぼ》を取り出した。熟れた果皮から良い香りがした。種が多くて皮は厚いが、甘い果肉が好物だった。しかし、嘉六は食べるつもりで、九年母を隠し持ってきたわけではない。

おっ母の位牌がわりだった。

嘉六が十八になったころ、おっ母の体力の衰えが目立つようになった。野良仕事どころか、自分で立ち上がって排便することもできなくなった。嘉六は、夜通し一時《いっとき》ごとにおっ母に起こされた。痩せた体を抱えて、土間に持ち込んだ便器代わりの桶にまたがせた。

おっ母は、糞のこびりついた寝巻きから、萎《しな》びた尻をさらけ出して踏ん張った。痛みにうめき声を出しても、小指の先ほどの便が出るか、出ないかだが、その間、嘉六は骨の浮いたおっ母の背を撫で続けた。

おっ母が出家したいと言い出したのは、死期の近づいたことが分かったからだろう。嘉六が子どものころから大仏様の前で遊んでいた、飛鳥寺という貧乏寺の坊様に来てもらった。元鉄《がんてつ》という野武士のような顔立ちの坊様で、齢《よわい》は五十を越えていた。

肩先で髪を切ったおっ母は興奮して「これで、極楽に行ける」と、嬉々としていた。

晴れがましい顔を見ていると、嘉六も嬉しくなった。が、それから数日経つと、おっ母の苦痛が増した。排便することがこんなに苦しいのかと、怖くなるほどだった。嘉六も眠られない日が続いた。

さらに日が経つと、おっ母は時々錯乱するようになった。

嘉六を、粘りつくような眼で見た。狷介《けんかい》な猜疑心が一瞬顔にあらわれ、表情が消えた。死と向かい合う孤独感が、おっ母の心を蝕《むしば》んだのかと思った。

あるときには、慈愛に満ちた顔で、「よく看病してくれた。床下に隠した米はやるよ」と言って、嘉六をとまどわせた。

やり場のない嘉六の苛立ちは、おっ父《とお》に向けられた。酒に溺れ、医者さえ呼ぶ銭のないおっ父を怒鳴りつけた。おっ父も、自分を親とも思わない嘉六に、罵声を浴びせた。

「死にそうになっても、おら面倒みないぞ」

嘉六は、そう怒鳴り返した。

おっ母が苦しんでいるときにも、おっ父は村に一軒だけある煮売り酒屋で酒浸りになって、見舞いの声ひとつかけようとしなかった。

十一年前の飢饉で、おっ父は嘉六の生まれたばかりの弟を殺した。おっ母は、それが許せなかったのだろう。暮らしに余裕ができてからも、夫婦喧嘩が絶えなかった。おっ母は、鬼のような形相《ぎょうそう》をしたおっ父に殴られることもあった。

おっ父はおっ父で、自分を許せなかったのかもしれない。三、四年経つとおっ母を殴らなくなったが、そのかわりに、酒を手放せなくなった。

おっ母が苦痛から解放された日……。

嘉六は、おっ母の好きだった九年母を、枕元に置いた。おっ父は酒を飲みに出かけ、おっ母と二人きりだった。甘い香りがあばら家に満ちていた。

おっ母は、すでに息絶えていた。

「おっ母、嘉六だよ。おらだよ」

嘉六が大声をあげた。飛び去った魂を呼び寄せたかった。おっ母の魂に「すまなかった」と言いたかったのだ。

寝床に覆《おお》い被《かぶ》さるようにして、何度も「おっ母」と怒鳴った。こんなに近くで顔を見たのは何年かぶりだった。濡れ手拭で体液の染み出た顔を拭いてやりながら、皺の増えた顔を見続けていた。

一瞬、おっ母の眼に自分が映っているような気がした。悲しげだが、慈愛に満ちた眼が嘉六を見返している、そんなふうに嘉六には思えた。

生き返ったのかもしれない。いや、魂が戻ったのだ、きっと。

「すまない、すまない。おっ母の望み通り、おら、観音様に会うよ」

嘉六は何度もつぶやいた。

おっ母の眼から一筋の涙が流れた。おっ母の霊が、自分に別れを告げたのだと思った。掌で目蓋を閉じた。

おっ父は、酒を浴びるほど飲んで、おっ母と死別する運命を悲しんでいたのかもしれない。渡海船に乗り込んだ今なら、そう思えるのだが。

でも、泥酔したおっ父を見たときには……。

我に返ると、石臼で頭を割られたおっ父が、土間で死んでいた。

あの時、放心したまま時がどのくらい経ったのか分からなかった。ただ、掌が汗ばむほど、九年母を握りしめていた。自分は、どうなってもいいと思った。疲れが体の芯を麻痺させた。嘉六はしばらく気を失っていたようだ。穏やかで温かいものに包まれているような心地良い気分だった。

意識が戻ると死を覚悟した。捕り手《とて》が自分を縛って、有無を言わさず首を刎《は》ねる場面を想像した。恐ろしくはなかった。ただ安らぎが欲しかった。

このまま、闇のなかに溶け込んで死んでしまいたい。

そう思いながら、下半身に手をやった。

おっ母を看病していたときには、ついぞなかったのに、下半身がこわばっていた。生きたいという気持ちが自分に残っているのを知って、顔が火照《ほて》った。

「生きる、生きる、おら、観音様に会う」

死に際におっ母から手渡された木綿袋を懐にねじ込んで、嘉六は無我夢中で家を出た。

渡海船の船底で、嘉六はしばらく寝入ったようだ。板壁に顔を打ちつけて目覚めた。額が痛かった。足元がふらついたが、板壁に開けた穴を覗いた。そこから、荒れた海が見えた。白兎《しろうさぎ》が飛ぶように、波頭が白く弾《はじ》けていた。さっきまで鰯雲の見えていた空が黒雲に覆われ、大風が吹いていた。鰯雲は嵐の前触れだと、古老が言っていたのを思い出した。

お雅《まさ》には、「曳き船が見えなくなったら、すぐに渡海船から脱け出す。一日経ったら戻る」と、嘘をついた。陸《おか》さえ見えていれば、泳ぎが得意だと自慢していた嘉六が浜に戻ることは造作もない、と考えたお雅は、しぶしぶこの企てに賛成した。

しかし、脱け出すにしても、今、船がどのあたりにいるのか、嘉六には見当もつかなかった。渡海船には櫓《ろ》も舵《かじ》もない。ただ、風任せ、波任せに沖を漂うだけだ。

嘉六は陸に戻るとしたら、観音様にお会いしたあとだと覚悟していたので、観音浄土に着く前に、嵐で命を落としたくはなかった。

船が激しく上下に揺れるので、立っていると低い天井に頭をぶつけてしまう。飲み水の入った樽に腰を掛け、体が舞いあがらないよう、板壁の桟《さん》をつかんだ。さっき苦労して開けた裂け目のような穴から海水が流れ込んで、足元を濡らした。

海の彼方にあるという、観音様のいらっしゃる補陀落山を目指しても、渡海僧は、実際には嵐にあったり、餓えたりする。小刀を持ち込むことが半ば黙認されていたのは、そういうときに命を絶つためだった。

昨晩食った米の飯が胃液と一緒に口から溢れ出た。餞別《せんべつ》代わりにお雅に食わせてもらった白米だった。床に反吐《へど》が散った。船底にあたる波が、太鼓のような音を立てた。

船底が割れたら、それでしめえだ。

嘉六は、故郷の大仏様の顔を思い出して念仏を唱えた。懐の木綿袋を握りしめて必死に祈った。

嘉六の故郷、穏やかな山並みに囲まれた飛鳥村では、稲刈りを終えたあと種を蒔いた蓮華草《れんげそう》が、春になると、田一面に咲いた。

紫に染まる田圃に囲まれた飛鳥寺が、嘉六は好きだった。村人の寄進で粗末な大仏堂が建てられていたが、そこに鎮座している大仏様には大層な来歴があると、住職の元鉄《がんてつ》和尚から聞かされていた。大仏様のいかつい顔は死んだ爺様そっくりだった。

幼い嘉六は、寺の西側にある小高い丘に登り、飛鳥寺を見下ろしては放尿したものだ。

飛鳥寺の大仏様、いや爺様が守ってくれるから、おら、死なねえ。

ため池で釣った小鮒、田圃で掬《すく》った田螺《たにし》や泥鰌《どじょう》、鳥もち竿で捕らえた雀、里山の木苺や苔桃。嘉六は、幼時の記憶にすがって、恐怖に耐えた。船中では、他になす術《すべ》がなかった。

暗闇のなかで、船に当たる波濤と獣の唸り声のような風音とが響いた。まるで地獄のようだ、と思った瞬間、嘉六は船底に叩きつけられた。船がひっくり返ったのか、背中に屋形の梁が当たって激痛が走った。しばらく経つと、波に煽《あお》られて、いったん転覆した船が元に戻った。

板壁の桟を摑もうにも、立っていることができなかった。嘉六は、水の入った樽と一緒に、船底を転げ回った。重い樽が、胸に何度も当たり、息ができなくなった。嘉六は、頭を抱えて苦痛に耐えた。

このまま、おら、死ぬのか。

そう、何度も思った。

南無観世音菩薩、観音様、観音様。

何度も御名《みな》を唱えて、この地獄から救い出してくだされ、と祈った。

時の感覚がなくなっていたが、たぶん一昼夜嵐が続いたようだ。

笛の音のような風音がまだ聞こえていたが、船底にあたる波の音がしなくなった。板壁に開けた穴から、光が差してきた。

生きていた……。

嵐の恐怖が、嘉六の生きたいという意思を、さらに強めた。こうして生き残ったからには、あの世で観音様に会うのではなく、命をながらえたまま会うことができる。嘉六はそう信じた。

床が濡れていたので、横になることができなかった。仕方ないので、小刀で穴を広げる作業に没頭した。船底の水を掻《か》い出《だ》す穴が必要だったし、板壁に広い窓を開けておかなければ、観音様のいらっしゃる補陀落山が見られないと思ったのだ。

屋形の壁板は思ったより頑丈で、小刀で削るようにして少しずつ穴を広げた。四寸四方ほどの窓を開けるのに、両手に肉刺《まめ》ができてしまった。

又八は、「小刀一本で簡単に、渡海船から抜け出せる」と言っていたが、あの大嘘つきめ。

作業に熱中したせいか、腹が減ってきた。船出してから二日経っていたが、吐くだけで、何も腹に入れていなかった。

樽の水を飲み、置かれていた船簞笥《ふなだんす》を開けてみた。経巻《きょうかん》の入った桐箱と一緒に、茹《ゆ》で栗《ぐり》と栃《とち》餅《もち》の詰まった小さな袋がでてきた。嘉六は栗が好物だったので、渋皮を齧《かじ》り取った甘い実を、たらふく食った。

床に栗皮と渋皮が散乱した。無我夢中で食ったので、齧った渋皮にはまだ実が残っているのもあった。

ふと、開けたばかりの窓を見た。鷗が、こちらを窺《うかが》っていた。

ずいぶん沖に流されたと思ったが、こいつがいるとなると、まだ陸《おか》近くなのか。

栃餅を、窓から手を伸ばして船縁《ふなべり》に置いた。嘉六を睨んだ鷗は、素早く栃餅をくわえて飛び去った。

あいつ、嵐の前に見た鷗かな、まさか……。

日が差してきた。満腹になったので、経巻を開いてみた。見たことのない漢字ばかりだったが、ほかにやることもなかったので、指で、文字面をなぞってみた。指先が温かくなったような気がした。まるでお雅の豊満な乳房に触れているようだった。

嘉六を乗せた渡海船が沖に出て半日も経たないのに、激しい嵐が一昼夜も吹きすさんだので、お雅の不安は頂点に達した。傍《はた》から見ると、狂乱したと言ってもよかった。

髪を振り乱して、大波の打ち寄せる海辺を駆けめぐった。何度も波に足をすくわれ、引き波に呑まれそうになった。渡海船が、吹き戻されていないか、脱出した嘉六が浜に打ち寄せられていないか、と心配したのだ。しかし、嘉六の名を呼ぶ声は、風と波の音に消されるだけだった。

嵐が去った朝も、浜辺をさ迷い歩いた。昨夜の嵐で、船が難破したなら、その残骸が打ち寄せられるはずだ。そう考えたのは、お雅だけではなく、棒を持った村人が総出で浜の漂着物を探した。

「空翔《くうしょう》和尚は、海の底か」

「船板ひとつ、打ち寄せられてはいねえ。まだ沖かもしれねえぞ」

「まさか……。あの嵐だ。船と一緒に沈んだにちげえねえ」

「補陀落山に行き着かなくとも、海底で観音様と会っていれば、同じことだろうさ」

「そのほうが面倒がねえ」

荒縄を手にした屈強な若者が、そう怒鳴った。

近くに、金光坊島《こんこぶじま》という島がある。伝承では、戦《いくさ》の絶えなかった昔、どういう経歴の僧か分からなかったが、観音浄土を目指した金光坊《こんこうぼう》が、渡海船を抜け出して、この島に漂着した。困惑した役人が無理矢理、その金光坊を海に投じたと、言い伝えられていた。そういう話が伝わるからには、昔から、生還した僧を、海に戻して成仏させていたのだろう。

もし、空翔和尚に成りすました嘉六がここに流れ着いても、また海に戻さなければならなかった。村人が手にした棒は、海に戻される渡海僧が暴れ出したときの用心のためでもあった。

念仏を唱えて僧を海に送り出した村人が、今度は、その僧を、縄で括《くく》って再び渡海船に乗せなければならない。お雅が、半狂乱で嘉六を探したのも、渡海したのは空翔だと思い込んでいる村人に見つかる前に、嘉六を探し出したかったからだ。

お雅の危惧は徒労に終わった。渡海船が難破した証拠は見つからなかった。そのまま海底に沈んでしまったか、波任せに漂流しているのか、どちらかだ。お雅は、「犬」と呼ばれている乞食の坊様に、もう一度会おうと思った。

村はずれの地蔵堂の傍《そば》に建てられた、廃船の板や流木で作った粗末な小屋に「犬」は住んでいた。昼餉《ひるげ》の準備をしていた「犬」に、お雅は一握りの粟を与えた。前歯の抜けた顔が引《ひ》き攣《つ》った。笑っているつもりのようだった。

「若造のことか?」

浜辺の石を輪に並べただけの竈《かまど》に鍋を置いて、何か煮ていた「犬」が訊いた。向かいに腰を下ろしたお雅が、膝を抱えて、その上に顎をのせた。

「渡海船は沈んだのか、教えて欲しい」

「あれは沈まぬ。川を流れる木の葉のようなものだ」

お雅が、「ふうっ」と息を抜いた。

「抜け出せる?」

木の枝でかきまわしている鍋から異臭がした。

「抜け出せた」

「どうやったの」

「言っても、もはや仕方なかろう」

小指の欠けた右手を、お雅の前に出した「犬」が、掌を広げて見せた。

「その指、船から抜け出したときに無くしたのね」

「ふん」と鼻を鳴らし、割れ茶碗に鍋の中身を盛って、「食うか」とお雅に差し出した。異臭が鼻をついた。

「野鼠じゃ。美味《うま》いぞ」

顔を背けたお雅をからかうように、話を続けた。

「経を唱えていられるのは、食い物があるときまでだ。腹に入れるものがなくなれば、なんでも食う。腐った木屑でも虫でも、腹に入れる」

「犬」が、茶碗の汁を、音を立てて飲んだ。

「自分から望んで渡海したのでしょう」

前歯の欠けた口で固い肉を噛み切るのに苦労していた「犬」が、それには答えず、顔をあげた。

「観音などいない」

濁った眼が一瞬虚《うつ》ろになって、お雅の胸を見た。

「どうやって、生きながらえたの」

「水さえあれば命はもつ。小便も飲める。あの若造、泳いで戻ろうなどと思わぬことだ」

「お坊さんは、そうしたのでしょう」

「一度目はな。運がよかった。昨夜の嵐で、若造は遠くまで流されたにちがいない」

お雅が絶句し、泣き出した。「犬」の口元がゆがんだ。笑っているようだった。

「もし生きながらえていたら、この地ではなく、あの小船が渡海船だとは知らない所にでもたどり着けば、そこで平穏に暮らせるだろう」

顎にこぼれた汁を、雑巾のような衣の袖で拭いながら、「犬」がそう言った。

お雅が、子どものように、しゃくりあげた。


渡海船に持ち込まれた袋の食糧が尽き、四日が経った。おっ母の位牌代わりに持参した九年母《くねんぼ》も、すでに食ってしまった。水は、まだ樽に四半分ほど残っていた。

食い物があるときには、船の板壁に開けた穴から鷗に餌を与えていた。そのせいか、この船に居ついてしまったようだ。嘉六は、この鷗に「助七《すけしち》」と名をつけた。助七はすがるような鳴き声をあげては餌をねだった。

毎日、穴の向こうの助七に話しかけて時を過ごした。観音様に会えたら、おっ母のために謝りたいということも、無二の心友のように、助七に語りかけた。そうしていると、心が安らかになった。嘉六には、人より助七のほうが近しい存在に思われた。

日数の感覚がなくなって久しいが、たぶん十日は海を漂っているだろう。しかし補陀落山らしき陸地は見えなかった。

「助七、もう食うものがない」

思い立って、床に捨てた栗皮を鷗に与えた。そのうち、嘉六も食うようになった。吐き捨てた渋皮に少しだけ付いた実がごちそうだった。それも尽きてしまうと、床にこびりついた鼻糞のようなものを食った。嵐の晩、吐いた反吐に混じった飯粒だった。

水だけを飲む日が続いた。飢えが募ると、眠れなくなった。時々懐の木綿袋に触っては、中身があることを確かめた。

起きているのか、眠っているのか、わからない状態で床に伏せったまま、嘉六は死を覚悟した。観音様に会えず、お雅のもとにも戻れない。悔しかったが、悔し涙も出ないほど衰弱していた。

あの世で、おっ母とおっ父に謝ろう。おら、悔しい……。

日没になった。板壁の穴から射し込む光が次第に哀え、船中が闇となった。嘉六は念仏を唱え続けた。

ふと顔をあげると、船尾の板戸に光が見えた。空腹のあまり、眼がおかしくなったのかと、そのときには思ったが、船が波に揺れて、偶然月明かりが射したのかもしれなかった。朦朧とした嘉六の眼には、その光が、盆の送り火のように思われた。

このまま、朽ち果てるのか。

涙が滲《にじ》んだ。かすんだ眼で板壁を見た。おっ母に「観音様に謝ってくれ」と言われたのに、無念だった。

掌で船尾の板戸を撫でてみた。猫に爪を立てられたような痛みを感じた。外から打ち付けられた釘が板を貫き、その先が掌を傷つけたのだ。

掌の痛みで、思考力が回復した。嘉六は小刀で釘のまわりを削った。おおよその見当をつけて、板壁を小刀でこそげると、何本かの釘先があらわれた。

掌を舐めると塩味がした。釘先で引っ掻いた傷から出血したようだ。嘉六は、その血を啜《すす》り、小刀を使った。「生きる、生きる、生きる」とつぶやきながら。

穴窓から、光が差し込んできた。夜が明けたらしい。嘉六は闇のなかで考えていたことを実行に移した。

経巻《きょうかん》の軸をはずし、小刀で先を尖《とが》らせた。戸の釘先のまわりに灯油を垂らして小刀の柄《つか》で釘先を叩いた。緩んだ釘に、さらに灯油を注ぎ、とがった経巻の軸を当てて叩くと釘が外側に外れた。

そうやって、一日かけて戸の釘を抜き、板戸を蹴倒して外に出ることができた。

陽光が、衰えた肌を刺した。屋形に建てられた鳥居は、荒波に流されていた。深く息を吸うと、一瞬、飢えを忘れるほど、潮の香が心地よかった。

四方を見渡したが、補陀落山らしい陸地は見えなかった。凪《なぎ》の海が、屋形から脱けた嘉六を祝しているようだった。

屋根で鷗の助七が鳴き声をあげた。嘉六は「よっ」と声をかけて、眉間《みけん》の黒子《ほくろ》のあたりで右手を振った。無二の心友と再会したような気がした。

北風が寒かったので屋形に戻った。経巻を体に巻いて寒さを凌《しの》いだ。開けた戸から吹き込む夜風が、嘉六の五感を覚醒《かくせい》させた。

観音様はあらわれなかったが、眠ることができた。

観音様に会ったら、おっ母のことを詫びようと思っていた。それまでは死ねない。おっ母との約束を果たすまでは死ねない。

「生きる、生きる」

嘉六は、どうしたら生きられるか、何度も考えた。お雅と一緒に、「犬」と呼ばれていた乞食の坊様から渡海船の話を聞いた時、「餓鬼になるか、仏になるか。自分の血を啜りながら考えよ」と言われたことを、繰り返し思い起こした。

あの時、「犬」が反芻《はんすう》しながら食っていた栃餅のように、たどりついた考えを、何度も肚《はら》から出しては呑み下した。

やるほかない。

翌朝、餌を求めにきた助七を、投網のように着物を投げて捕らえた。小刀でその首を刺し、血を啜り、割いた内臓を食らった。

嘉六は、「すまない」と泣きながら、助七の生肉を咀嚼《そしゃく》した。好物の焼いた雀のような甘みがした。涙がとめどなく流れた。

餓鬼になっても命をながらえたかった。

五章　破戒僧

嘉六《かろく》が渡海船に乗る前日、観音浄土寺の空翔《くうしょう》和尚は那智から遁走《とんそう》した。嘉六を身代わりに雇い、寺には戻らぬつもりで、駕籠に乗った。新宮《しんぐう》に出て、そこから、船で大坂に逃げるつもりだった。

「酒手をはずむ。急げ」

しきりに駕籠かきに声をかけた。逃げ出したことが知られれば、追手《おって》がかかるかもしれない。お布施や賭場の場所代を貯めた銀袋《かねぶくろ》を握りしめたが、気ばかりが焦る。駕籠かきの荒い息を聴いていると、今にも追手が襲い掛かってくるような気がした。

「急いでくれ」

駕籠に揺られて痛くなった腰を揉みほぐしては、唸り声をあげた。太った体から、臭い汗が滴った。

後ろの駕籠かきが「へい」と大声で答えたが、前棒の駕籠かきは、息杖《いきづえ》を小馬鹿にしたように振り上げるだけだった。でっぷり太った客の重さに、辟易《へきえき》していたのだ。

空翔は、渡海船に閉じ込められて餓死することで、観音浄土に到達できるなどとは思っていなかった。五穀断ちして渡海した先代、西澄上人《さいちょうしょうにん》は即身成仏したと信じられて人々の信仰を集めたが、同じことを強制されるのには、我慢ができなかった。

信者の奴ら、自分にできないことをやる奴を「上人」だと崇《あが》めて、仏に合掌するだけで極楽に行けると信じていやがる。死んだあと、「上人」と敬われたい坊主なら、勝手に渡海すればいいが、俺はごめんだ。

瓢箪に詰めた酒を一口飲んでは、恐怖を紛らわした。空翔は酒を飲み、博打をし、隠れて女も抱いた。

好き好んで僧になったわけではなかった。もともと裕福な呉服問屋の長男だったが、放蕩に呆れた親が、手切れ銀代わりに寄進をして、寺に押し込んだのだ。

俗人として生活を営むなかで、観音が見えてくるなら、その観音は本物かもしれない。しかし、餓死寸前に観音が見えたとしても、それは幻覚にすぎない。補陀落渡海などまやかしだ。

常々そう思っていたが、観音浄土寺の住職を務めていると、なにかとお布施が入るし、女にも不自由しない。本山から渡海を命じられるまで、ずるずると居座っていた。

駕籠は激しく揺れた。時々中腰になって体の位置を変えた。駕籠かきの掛け声を聞きながら、しびれ始めた腰を揉み、舌打ちした。

顔を袋頭巾《ふくろずきん》で隠して駕籠に乗ったものの、渡海船が気になってならない。又八が連れてきたあの若者は、本当に船に乗ったのか。頼りなげな細い体で、思いつめたような眼をしておったが。

空翔は又八に、「身代わりになっても、船からすぐに抜け出せる」と請け合ったが、実際は、そう簡単ではなかった。釘の打たれた頑丈な戸板は、小刀一本ではびくともしない。そのことは、よく分かっていた。

生きながら閉じ込められた棺桶のなかで、死ぬのを待つようなものだ。運よく生還しても、また渡海船に乗せられて殺されるだけだ。餓死するまで、何度も乗せられて……。

自分の代わりに死ぬことになる若者から恨まれても仕方ないと思った。その若者がたとえ化けて出たとしても、空翔は、畳の上で死にたいと、切に願った。

先代住職の渡海の後、出家した侍が二度渡海に失敗した様子を目の当たりにして、空翔は背筋が凍りついた。あの僧のように「犬」と蔑《さげす》まれることになっても、自分も渡海を拒むだろう。

早駕籠で新宮《しんぐう》に着いた空翔は、予定通り大坂行きの船に乗った。

江戸からの戻り廻船に便乗したのだ。しばらく、人の多い大坂で生活して、ほとぼりの冷めるのを待つつもりだった。

足弱な女や子どもも乗船していた。安心した空翔は、ここ数日剃刀《かみそり》をあてていない頭を掌で撫でながら、子どもたちに、自分が食うつもりで買った菓子を配った。

「お坊さん、腕は?」

と、女児に訊かれた。二、三歳ころの骨折のせいで右腕の不自由な空翔は、「鬼に、折られてしまった。痛かった」と、おどけた。

たかだか右手が不自由なだけで、散々いじめられた幼時の記憶がよぎった。もともと子ども好きな空翔には、菓子を貰って喜ぶ無邪気な笑顔を見ていると、自分の前途も洋々だと思われた。

ところが、船が沖に出ると激しい暴風雨に襲われた。渡海船に乗った嘉六が体験したのと同じ嵐である。

空翔は船旅が初めてだった。太った体を右往左往させて、甲板に反吐《へど》を撒き散らした。胃の腑が空になると、血が逆流したような頭痛がした。なす術《すべ》もなく、積荷の脇にうずくまった。

水夫《かこ》の叫び声と船板がきしむ音、激しい風音がしても、空翔には自分の置かれた危険な状況が分からなかった。気づいたときには、難破した船から海に投げ出されていた。

桶にすがりついて夢中で泳いだ。藻で滑りやすくなった岩にすがりつき、その岩の裂け目に身を横たえたまま空翔は気を失った。

帆柱が折れて舵の効かなくなった船は、紀伊半島を外れ、土佐に漂着していた。岩礁で船底を砕かれた船は、積み荷もろとも跡形もなく波にさらわれてしまった。

近くの集落に住む女が、瀕死の空翔を見つけた。

村人が総出で磯を探索したが、水夫や乗客で生き残ったのは空翔一人だけだった。荒波に所持品すべてを流された空翔は無一文となった。

見馴れた那智の穏やかな浜辺とは違って、漂着した海岸には奇岩がそそり立ち、荒磯の向こうには果てしない海が広がっていた。嵐の海を越えて、自分一人が裸身ひとつでたどり着いたこの土地が、空翔には「彼岸」のように思われた。

命はながらえたものの、無一文の今、空翔は漁師を手伝って糊口《ここう》を凌《しの》ぐほかなかった。肉がついて色白だった顔は、半月も経つと、別人のようになった。潮風が皺を深くし、顔色を褐色に変えた。空翔を僧だと知った村人が、わずかなお布施を用意し、読経を頼むこともあった。

室戸《むろと》と呼ばれるこの岬には、近辺に空海上人が修行を積んだ所縁《ゆかり》の地が多く、村人の信仰心が篤かった。

生き残ったが、もう、帰るところがない。

そう思うと、空海上人が住んだこの地に骨を埋めるのが運命のような気がした。

漁具を収納する小屋に寝泊まりしている空翔に、お種という七、八歳ぐらいの女の子が、朝飯を運んできた。戸を開けると、晩秋の海風が粗末な小屋に吹き込んだ。縁の割れた椀に盛られた若布《わかめ》入りの粟粥《あわがゆ》が湯気を立てている。

「すまないな」

椀を受け取った空翔が、お種の頭を撫でた。この子は、人見知りをしない。言葉や仕種が、まるで三、四歳の幼児だった。

「お種坊は、いくつ？」

と尋ねられると、いつもはにかみながら指を三本突き立てる。それが、挨拶がわりだった。お種は、ずっと三歳のままでいた。

「お父ちゃんは、どこ？」

と誰かが訊くと、お種は海を指差す。お種の父は、漁に出たまま戻らなかった。

空翔は、寡婦《やもめ》となったお種の母と、毎夜契《ちぎ》りを交わしていた。お種の母は、荒磯で動けずにいた虫の息の空翔を見つけ、助けてくれた女だ。

村中が二人の関係を知っているようだった。寡婦を早く再婚させるのは、荒い海で命を落とす男の多かったこの村の慣習だった。空翔自身も、還俗《げんぞく》して、お種の父になってもいいと思っていた。

お種にも粥を分け、自分の分は腹に流し込んだ。潮の香《か》にほのかな土の香が混じって美味《うま》かった。

寺にいるときには、粟粥など食ったこともなかったが、酒や美食に明け暮れた生活が懐かしいとは思わなかった。生死の境をさまよって、空翔は別人のようになった。

船に乗っていた女や子どもは助からなかった。船箪笥《ふなだんす》につかまって浮いていた水夫《かこ》は、すがり付いた女の手を払いのけた。空翔が助かったのは、たまたま脇に浮いていた桶のおかげだった。

僥倖《ぎょうこう》というほかない。

すでに日が昇っていた。小屋の窓から差し込む陽光がまぶしかった。朝餉《あさげ》を食い終わって、お種と手をつないで外に出ると、村人が騒いでいる。

「沖に小船が見えるよ」

掌をひさしのようにかざした女が言った。

「櫂《かい》が流されたらしい」

「男がいるぞ」

と、遠目の効く漁師が、生存者を見つけた。その船が渡海船だということに、空翔はすぐに気づいた。

漁師の指差すほうに目を凝らすと、半裸の男が、しきりに白い布を振っていた。たぶん、渡海の際に着た白衣を脱いで振っているのだろう。

早朝の漁を終えた漁師が船を出した。その船が、沖の漂流船に近づくのが見えた。半裸の男が、漁師に抱えられるようにして、漁船に乗り移った。

男が乗っていた船は、沖に打ち捨てられた。空翔は、自分の乗るはずだった渡海船が、自分を追うように室戸に漂着したことに、奇異の念を抱いた。そして、身代わりに雇った嘉六という若者が、自分を恨んでいるかもしれないと思うと、恐ろしかった。

簡単に抜け出せると、嘘をついたが、あの男がそのつもりでいたとなると……。

浜に連れてこられた嘉六《かろく》は痩せこけ、月代《さかやき》は箒のように逆立っていた。頬肉が削《そ》げて潮焼けした顔には白い塩が付着し、まるで般若《はんにゃ》のようだった。小さな木綿袋を握っているだけで持ち物はなかった。

空翔は漁師たちの背後に隠れて、様子を窺《うかが》った。

「水を持ってこい。今、食わせると死ぬぞ」

頭髪の縮れた長老が指図した。嘉六は、下腹の膨《ふく》れた餓鬼のようになった体を痙攣させていた。干からびた唇から言葉が漏れた。「観音様」と、何度もつぶやいていた。

そのころ、那智の百姓屋では、お雅《まさ》が、兄又八をなじっていた。父が刑死してから家の手入れを怠っていたので、穴の空いた土壁から隙間風が吹き込んだ。

「嘉六さんが命と引き換えた銀《かね》を、賭博に使うなんて」

懲《こ》りずに、また博打に手を出して、空翔から貰った銀百両を、又八が使い込んでしまったのだ。それは、お雅をかたに入れた借銀を返すための銀だった。

「嘉六さんは、何のために身代わりになったの」

大柄なお雅に蹴倒されそうになった又八が、両手で頭を抱えた。お雅の知らないうちに、田畑《でんぱた》はすでに人手に渡っていた。

竈《かまど》の脇にしゃがみ込んだ又八が、泣き声になった。目尻の下がった瓢箪顔が、時々お雅を盗み見た。

「死んだとはかぎらない。今ごろ補陀落山《ふだらくせん》で」

「たわごとばかり言って……」

お雅の顔が、一瞬、般若のようになった。今まで、兄には見せたことのなかった表情だった。

「嘉六が船から抜け出せなかったのは嵐のせいで、俺のせいじゃねえ」

「だから、博打に使ったって言うの」

「あの銀を倍にして、お前を楽にしてやりたかった」

と言い訳するのを聞いて、お雅が激怒した。

死んだ母にも、兄は雨に打たれた子犬のような顔をして、いつも言い逃ればかりしていた。

「ふざけないでよ。私は大坂の女郎屋に売られるのよ」

「すまねえ」

又八が、土間に額を摩《す》りつけた。

嘉六さんさえ生きていてくれたら、こんな兄《あん》ちゃんなんか捨てて逃げることもできたのに。

嘉六が戻ってこないので、お雅は投げやりになっていた。女郎になって、男に体を弄《もてあそ》ばれてもかまいやしない、と思い始めていた。

漁網を繕うのに使う丈夫な麻紐を握った空翔が、嘉六を待ち伏せている。黄昏時《たそがれどき》で、あたりに人影はなかった。

一命をとりとめた嘉六は、渡海船のことも、空翔が観音浄土寺の僧だったことも、一切口にしていなかった。室戸集落に住む漁民は、嘉六を漂流していた漁師だと考えた。この地には、よくそういう漂流者が流れ着いたからである。

嘉六の沈黙に、空翔は怯《おび》えた。夜中に、何者かに胸を押さえつけられるような気分になった。嘉六が自分を非難するなら、言い訳は考えてある。しかし、何も言わない嘉六は、何を企んでいるのか分からなかった。

空翔は、お種の母と夫婦《めおと》になるつもりでいた。この地で、漁師となって生まれ変わろうと決意した矢先だった。

大坂で放蕩し、破戒坊主になって命をながらえ、やっと一杯の粟粥《あわがゆ》の美味《うま》さが分かったというのに、あいつに、補陀落渡海から逃げ出したことを話されては、この村にいられなくなる。信心深い村人が、俺を許すはずがない。あいつの体力が回復してしまったら、機会を失う。

空翔は、嘉六を殺すつもりだった。怯えが、衝動的な殺意に変わったのだ。食事の最中に、飯茶碗に紛れこんだ蠅を叩き潰す、そんな殺意を抱いた。

死体は海に捨てればいい。溺れたように見せかけて……。

お種の家を出た空翔は、打ち捨てられた船の陰に隠れた。そこから、嘉六の寝泊まりしている小屋が見えた。

海が時化《しけ》た時、漁師が網を繕う小屋である。囲炉裏が掘られていたので暖かかった。長老の指示で、嘉六は、体力が回復するまで、ここに住むことが許されていた。

空翔は、嘉六が小屋を出て、外の厠《かわや》に行くのを待ち受けた。不自由な右手がうずいた。小半時《こはんとき》待っているだけで、風が体を冷やした。口元が痙攣し、膝が震えた。時々、薄暗くなった空を仰ぎ見た。

朽ちた船板に、団子虫がたかっていた。空翔は、その虫を、手にした麻縄でこそぎ落とした。

小屋の戸が開き、搔巻《かいまき》を羽織った嘉六が姿を見せた。廃船の陰から立ち上がった空翔が襲い掛かった。左手の棒で腹を殴って動けなくなったところを、麻縄で絞め殺すつもりだったが、搔巻の厚い綿が邪魔をした。

二人は、しばらく無言でもつれ合った。嘉六には、相手が誰かは分かっていた。観音様に会いたいという思いが、「死んでたまるか」という気持ちを強くしていた。

「助七、助七」

と、生き延びるために泣きながら食った鷗の名を怒鳴りながら、一寸ほど髪の伸びた空翔の頭を殴った。馬乗りになった空翔は、麻縄を嘉六の首に掛けようと焦ったが、喉元で嘉六に縄を握られてしまった。二人はもつれ合いながら、獣のような唸り声を立てた。

雲のない空に月が輝き始めた。

「やめろ。静かに」

嘉六が怒鳴った。子どものすすり泣く声が聞こえたからである。空翔も気づいて、四方を見た。二人から二間ほど離れたところで、お種が泣いていた。姿の見えない空翔を探して、漁師小屋にやって来たらしい。

立ち上がった空翔に、お種が手を差し出した。鯵の干物が二枚握られていた。

「お母ちゃんが、これ」

「そうか」

空翔が、頭を撫でた。お種の前で、これ以上争う気はなくなっていた。

荒い息をした嘉六が空翔に、「なかで、囲炉裏にあたっていろ」と言って、褌《ふんどし》に突っ込んだ指の匂いを嗅いだ。

「お前のせいで、小便を漏らしてしまった」

鼻先で笑った空翔から殺意が消えた。振り上げた拳に蝶が止まったようなものだ。

お種と一緒に小屋に入った空翔が、鯵を炙《あぶ》っていると、洗った褌を手にした嘉六が戻ってきた。

その褌を、梁に吊るした。

「邪魔か」

「いや」

「褌のことじゃない。おら、お前には邪魔者か」

炙った干物を、お種に渡した空翔が頷いた。

「この子は？」

自分の歳を訊かれたと思ったお種が、指を三本出した。

「この子の母親と夫婦《めおと》になるつもりだ」

空翔は、半分に割いた鯵を嘉六に渡した。

「夫婦になればいい。おら、直《じき》に村を出る」

もらった干物を嚙みながら、嘉六が言った。

「どこに行く？」

「那智の浜に戻る」

「戻って、どうするんだ」

「今度は、お前の身代わりではなく、自分の名で渡海したい」

しばらく、干物をしゃぶっていた空翔が「阿呆か」と言った。

「お前は坊主ではない。渡海船に乗れたとしても飢え死にするだけだぞ」

「ああ」

空翔が、鼻に皺をよせた。

「俺も嵐で、ここに流されてきた。無一文だ。お前にくれてやる銀《かね》は、もうない」

「いらない」

「俺を恨んでいるのか」

嘉六は「いや」と言って、干物を舐めているお種の頭を撫でた。

お種は心細くなったのか、「お母ちゃん」と泣きべそを掻いた。

「おらの気持ちは……。観音様に会って詫びたい」

猪首《いっくび》を左右にかしげた空翔が、「詫びる？」と吐き出すように言った。

「お前には、おらの気持ちは分からねえ」

「分かりたくもない」

鯵を食い終わった空翔が、囲炉裏に唾を吐いた。

「俺のことを口外するな。殺すぞ」

「わかっている」

嘉六が燠《おき》を返すと、火の粉が散った。

「助七って誰だ」

「助七？」

「さっき俺を殴りながら、そう怒鳴っていたぞ」

「ああ……、おらの命を保つために、殺して食った」

そう言って脇を向いた嘉六を、空翔が唖然として凝視した。

「心配するな。人ではない。鷗だ」

「脅《おど》かすな」

「生き延びるために、大切な命を奪ってしまった」

嘉六がうつむいた。

「人はみな、そうやって生きている。畜生に名前など付けるから、情が移るのだ」

夜が更《ふ》ける前にお種を帰らせようと、空翔は、手を取って小屋を出た。お種が来てから、空翔のなかの鬼がすっかり削《そ》げてしまった。

二人の去った小屋で、燠に薪を足した嘉六が眼をつむった。

渡海　その二

六章　宝永大地震

那智の浜の賭場小屋では、老いた又八と胴元、それに壺振りの三人が、酒盛りを続けている。

又八の手が震えて、椀から濁酒《どぶろく》が零《こぼ》れた。

「もったいねえ」

膝にかかった濁酒を着物の裾で拭い、それをチュウチュウと吸い出す又八を見て、呆れた壺振りが「垢《あか》の味、すんだろう」と言うと、「小僧、おめえは、飢えたことがねえからな」と言い返された。

団栗眼《どんぐりまなこ》が血走って、さかんに唾を吐く。酔った又八が、壺振りに絡みだした。

「お前は知るめえ。今から二十五、六年も前のことじゃ。今の公方様《くぼうさま》より三代も前の綱吉様の御代《みよ》のことじゃ。元禄から宝永に変わって四年経ったころ、大地震と津波が来てな、そりゃ大勢おっ死《ち》んだ。それでも、わしは生き残ったのよ。空翔《くうしょう》も、どこかで地震にあっていたはずじゃが……。あのときは、那智の浜も地獄のようじゃった」

「地獄？　俺はまだ生まれちゃいねえ。知るはずがねえよ」

まだ若い壺振りが、首を左右にかしげながら鬢《びん》を掻いた。

「あの年は、季節外れの霜が降りたと思ったら、十月なのに、夏に戻ったような、えらい暑さになった。大地震の前日は、汗が噴き出て眠られなかったもんじゃ」

前歯の抜けた口で、猫が水を飲むような音を立てて干し鰯をしゃぶっている又八が、咽喉から絞り出すような声を出した。

「大坂では死者が一万とも二万ともいう噂が流れた。土佐も紀州も尾張も大層な被害じゃ。ここでも、観音浄土寺のお堂が津波に流されちまった」

着物の裾をめくった又八が、「わしも死ぬところじゃった」とつぶやいて、右の太股の引き攣《ひつ》った傷口を見せた。

「そんな傷じゃあ、おめえが死ぬはずはねえ。どさくさに紛れて、人を殺すぐらいはしたかもしんねえが」

そう揶揄《やゆ》した胴元を、頭頂に一握り残った白髪を逆立たせるような勢いで、又八が睨みつけた。

「天地がひっくり返る前触れかと、わしは思うた」

「怖かったんか」

と胴元が嘲笑する。又八が、下帯に手を突っ込んで陰嚢《いんのう》を掻いた。

「いや、喜んじょった。天地を分け隔てている境が消えちまう。仏の世界とこの世とが粥のように解け合って、地獄と極楽とが入り混じる。そうなればいいと思うていたんじゃ」

又八が、蛇のような眼つきをした。

「補陀落渡海《ふだらくとかい》の身代わりになったとかいう男は、その後どうなった」

「嘉六のことか？　大坂で乞食坊主をやっておった。わしは、大坂に出かける用事が、その、ちょっとあってな、そこで会《お》うた」

「大坂に、博打でもやりに行ったんか」

「うるせえ。わしは大坂で死にそうな目にあったんじゃ。そのときには……」

そう言いかけて、又八は口をつぐんだ。「犬」と呼ばれた坊様に、命を助けられたのだが、この話を今まで口にしたことはなかった。

賭場の二人に、それを聞かせてやるつもりになったのは、話すことで、自分の生きた証《あかし》を確かめたくなったからかもしれない。

又八は、濁酒《どぶろく》をぐびりと飲んで「いい酒じゃ」と咽喉を潤した。

「嘉六《かろく》という奴は、なぜ大坂におったんだ」

「詳しいことは知らねえ。大地震の後、また船に乗って漂流しているところを助けられたとか聞いたが……。わしの妹に、嘉六が大坂にいると教えてやったら、会いに行った」

「妹？　おめえが女衒《ぜげん》に売りとばしたんじゃねえのか」

「わしが銀《かね》を手にしたあと、すぐに大地震じゃ。女衒は死んじまった。妹は、女郎をせずに済んだというわけよ」

「銀は、もらい得か」

「そういうことじゃ」

「おめえは、盗人より性質《たち》が悪い」

手を打った胴元の哄笑が、小屋中に響いた。

盗人か……。わしでも真人間になろうとしたことが、一度だけあったのじゃが。

又八が、「おめえら、小判五十両って代物拝んだことあるか」と言って、牙を剝《む》きだした蝙蝠《こうもり》のような顔をした。

「あるわけがねえ」

「わしは、その小判を、大坂から那智の浜まで届けるように頼まれたんじゃ。宝永大地震のあとのことじゃった」

胴元がにやついた。又八が嘘をついていると思ったのだ。

立ち上がった又八が、小便をしに外に出た。暗くなった空に、月が昇っていた。濁酒をしこたま飲んで小便をしている又八に、潮騒《しおさい》が聞こえた。

又八は、一度は真人間になろうとしたあのころを思い出すと切なくなった。波が砂地を平らにするように、糞のような一生を、まっさらにしたかった。

賭場小屋に戻った又八が、話を続ける。

宝永四年十月四日のことである。冬だというのに、昨日から夏に戻ったような暑さが続いていた。

その日、又八は、九《ここの》つ半《はん》を過ぎても、早朝から始めた博打に夢中だった。八月に空翔《くうしょう》が補陀落渡海したというので、観音浄土寺は参詣人で賑《にぎ》わっていた。

境内の賭場で、空翔から渡された銀百両をいかさま博打で捲き上げられた又八は、胴元からさらに借銀をして駒札を買った。又八は、良い鴨だった。

どういうわけかこの日は、朝から良い賽子《さいころ》の目が立て続けに出た。又八は、いったん駒札を換銀し、儲かった銀を計算しながら、さらに博打に興じていると、突然大地が揺らいだ。

賭場に置かれた銀が散った。その銀を盗もうとする男や、そうさせまいと摑み掛かる男で、賭場は大混乱した。その頭上に、賭場の屋根が落ちてきた。

腰を強く打ったが、ようやく這いだした又八の懐に誰かが手を突っ込んで、財布を盗ろうとし

た、

「殺されてえか」

と、鬼のような顔をした又八が、その腕に嚙みついた。鼻先で笑った相手は、懐から出した匕首《あいくち》で太股を突き、悶絶した又八を踏みつける。賭場で負けの続いた人相の悪い客だった。

「地獄で、閻魔と博打をやりな」

そう捨て台詞《ぜりふ》を吐いて、立ち去ろうとする。

余震が来た。男が又八にかぶさるように倒れ掛かった。又八は、渾身の力で、その首を絞めた。悶絶する男の唾液と鼻汁とが飛び散った。臭い唾を浴びながら、又八は手を緩めなかった。

男の息は止まったが、股を刺された又八も立ち上がれなかった。死骸と抱き合いながら、もがいていると、「津波だ」と誰かが叫ぶ声が聞こえた。見る間に、ついさっきまで参詣人で賑わっていた境内に海水が溢れた。

濁流が、男の死体と又八を呑み込んだ。死体が浮き沈みしながら又八から離れた。傍《そば》に浮いていた衣装長持にとっさに摑まったが、太股の刺し傷が痛んで、顔を水面から出すのが精一杯だった。

観音浄土寺の本堂が土台から浮き、波に引き込まれていくのが見えた。本堂に逃げ込んだ参詣人が、悲鳴をあげながら流されていく。

庵で、白湯《さゆ》を飲んでいた寿貞尼《じゅていに》と「犬」にも地震が襲い掛かった。半壊した庵から、山崩れを避けて畑に逃れた。畑のなかほどが地割れを起こしていた。育ちきっていない秋蒔き大根が、掘り出したかのように散らばっていた。

激しい余震で足元が揺らいだ。庵の外にある掘り抜き井戸から、水が噴出した。寿貞尼は、「犬」の胸に身を投げ出した。大地に自分が引きずり込まれるような恐怖を感じたのだ。

海を見下ろしていた寿貞尼が「ああ」と声をあげた。今まで見たこともないほど遠くまで海水が引き、遠浅になった海が、強い日差しを浴びていた。

「犬」が沖を指差した。その膝は震えていた。

壁のようになった海が浜に迫っていた。やがて、倒壊した家も、倒れなかった家も、松林も、船も、みな海に呑み込まれた。

寿貞尼が悲鳴をあげた。観音浄土寺の本堂が流されていくのが見えた。

「こうしてはいられない」

呆然《ぼうぜん》としている寿貞尼の襟元を摑んで、「犬」が大声を出した。

「夜になれば、ここに逃げてくる者もいるだろう。粥《かゆ》を炊《た》こう」

まだ呆《ほう》けたような顔をしている寿貞尼の頰を叩いた。

「神など役に立たぬ。仏も役に立たぬ。今、ここで、我らが働かなければならないのだ。鍋と釜を取ってくる」

「犬」が庵に駆け戻ったとたん、また余震が起きた。「あっ」と叫んだ寿貞尼が、「定之介殿《じょうのすけ》」と呼ばわった。「犬」の本名だった。鍋と釜を抱えた「犬」が、庵から這い出してきた。

「隠してある赤米と蕎麦があるだろう」

「隠したつもりはありません」

声を出しながら、「犬」は自分の頰を両手で叩いた。庵の脇の小屋から、寿貞尼が袋を取って来た。袋の中身を目分量した「犬」が、「この量で二十人が食ったら、五日ともたぬな」と言った。

「薄い粥にして、食い延ばそう」

畑を開墾したときに捨ててあった大きめの石を集めて、竈《かまど》のようなものを作り始めた。

「薪は、庵を壊せば何とかなる。竈を作って、火を絶やさなければ、夜の寒さを凌《しの》げる」

寿貞尼は、自分を蔑《さげす》む村人の危難を救おうとする「犬」の顔を、まじまじと見た。

「働け、働け、働け」

誰に言うでもなく、「犬」はそうつぶやき続けていた。

その日の夜、津波から生き延びた人々が、半壊した寿貞尼の庵のまわりに集まってきた。子どもを含めて五十人ほどいた。「犬」が、行き場のない人々の目印になるように、夜通し松明《たいまつ》を振った。

疲れ果てた人々には、いくつか焚火《たきび》があるだけでも救いとなった。呆然としていたが、喚《わめ》く者も号泣する者もいなかった。声を出さずに指でしきりに目元を押さえる者、うつむいて黙る者、みな涙を堪《こら》えていた。顔見知りを見つけると、肩を抱き合って、生きていることを喜び合った。悲しみを声に出すことを厭《いと》うたのだ。

寿貞尼が、赤米に大根の葉を混ぜた雑炊を作った。椀が少なかったので、順番に回した。餓えている者ばかりだったが、列を乱す者はいなかった。人形が並んでいるように、みな押し黙ったまま、順番を待った。

手持ちの蕎麦と赤米の量からして、こうして粥を施せるのは、五日どころか、よくても三日しかもたない。あとはどうするのか、考える余裕が「犬」にも寿貞尼にもなかった。ただ、今の危難から人々を救うこと、それだけを考えて必死で働いた。

粥を配り終わったあと、余震を警戒して二人分の筵《むしろ》を畑の隅に敷いて、体を休めた。「犬」が火を熾《おこ》した。焚火《たきび》の傍《そば》に寝た寿貞尼が、「食べ物が足りません」と嘆いた。

「食い物がなくなったら、その時はその時だ。めいめい勝手に食い物を探すだろう」

「はあ?」

寿貞尼が訊き返した。

焚火の炎に映えて、「犬」の顔が赤鬼のようだった。

「命のある限り、人は食える物を探しだす。そういうものだ」

「犬」が、いつものような憎まれ口ではなく、しみじみとした口調で囁《ささや》いた。

「冬です。食べ物と言っても」

寝返りをうって、寿貞尼に背を向けた「犬」が答えた。

「畑の大根が少しはある。海に行けば、海藻や藤壺がある。枯葉のなかの虫、木の皮、土中の蚯蚓《みみず》、土竜《もぐら》、冬眠中の蛇、亀、食い物はある」

「そんなものを」

袂《たもと》で口を隠した寿貞尼が、眉をひそめた。

「食わなければ命が尽きる、死にたくなければ何でも食う」

「そんな」

「それが人だ。施しはいらぬ」

「犬」が懐に手を入れて、何かを探していた。

「餓えて死ぬ者もでましょう」

「弱い者は死ぬ。命の強い者は生き残る」

寿貞尼は、渡海船に乗った「犬」が、自らの血を啜《すす》る姿を垣間見たような気がした。

「でも」

と言って、「犬」の背に手を置いた。

「みな、救いたい」

燠《おき》のはぜる音がした。他の焚火のまわりでは、筵や藁《わら》に包《くる》まって泣いている者もいた。

「命の尽きる者を生かすことが慈悲ではない。死ぬ者も生きる者も、等しく仏の大慈《だいじ》大悲《だいひ》に救われる。たとえ、それが絵空事だとしても、今はそう思うほかない」

寿貞尼のほうに向きを変えた「犬」が、懐から出した柘植《つげ》の解き櫛を渡した。

「鍋と釜を取りに戻った時、庵から持って来た。これを、ずっとおぬしが大切にしていたことは知っていた」

江戸土産のこの櫛を手渡して出家してしまった夫が、私のために、櫛を……。

寿貞尼が「定之介《じょうのすけ》殿」と、つぶやいた。

「理不尽であっても、それを受け入れる。人にはそれしかできないのだ」

手枕をした「犬」が、「疲れた」と言って、鼾《いびき》をたて始めた。


大地震に襲われた日。この日の室戸は特に暑く、袷《あわせ》一枚で過ごせるほどだった。

空翔《くうしょう》は褌姿《ふんどしすがた》で漁船に乗った。漁師の仕事に馴れ、お種と母親を一刻も早く養えるようになりたかった。漁師たちも、空翔を後家の連れ合いとして遇し、もはや僧だと思う者はいなかった。

シコ鰯を生き餌にして、脂ののった目白（稚鰤《わらさ》）を手釣りする。不自由な右手の指先で鰯の動きを感じながら、神経を集中した。寺では数珠を爪繰《つまぐ》ってばかりいた細い指に、魚信《ぎょしん》が伝わった。

空翔には初めての目白釣りだったが、昼を過ぎたころには、すでに二尾あげていた。塩漬けにした目白は、大坂で高く売れる。

不殺生戒《ふせっしょうかい》を犯すことがこんなに面白いとは思わなかった。左手で釣り糸を手繰《たぐ》ると、底に曳かれた。また一尾掛かったようだ。

「坊主のわりに、筋がいい」

集落一の腕前だという老漁師が笑った。

そう褒められて、隠れて酒色に耽《ふけ》る暮らしよりは、漁師のほうが自分に向いているかもしれないなどと思い始めた矢先……。

艫《とも》に座って櫓《ろ》を操りながら、釣り糸を足の指にかけて魚信を探っていた老漁師が、陸《おか》を指差した。

荒磯に聳《そび》え立《た》っていた巨岩が、ゆっくりと崩落していった。磯が割れ、大小の岩が飛沫をあげて崩れ落ちていく。

「地震だ」

老漁師が怒鳴った。海辺に貼り付くように点在していた小屋が壊れるのが見えた。七、八艘いた僚船が、陸《おか》に向かって一斉に漕ぎだした。空翔の乗った船は、僚船とは逆に沖に舳先《へさき》を向けた。

「船を陸に戻せ」

釣り糸を捨てた空翔が喚《わめ》いた。

「津波が来る。このまま船に乗っていろ」

鬼のような形相《ぎょうそう》になった老漁師が怒鳴り返した。口の端から唾が飛んだ。

「お種と母親がいるんだ」

「みな、家族が陸にいる。沖で、津波が去るのを待つほかねえ」

船縁《ふなべり》を握って身を乗り出した空翔がうめき声をあげた。

「煙が上がっている。火事だ」

船からは見えない家も倒壊し、燃えているのだろう。幾筋も黒煙が上がっていた。緑の山肌が裂けたように土が剝《む》き出《だ》しになっていく。海辺に迫るように聳え立った山の麓《ふもと》に、お種親子の家があった。

二人を案じた空翔が海に飛び込んだ。

「ばかやろう」

老漁師が、浮き代わりの桶を投げた。陸に戻ろうとしていた漁船が鉤竿《かぎざお》をだし、空翔を拾い上げた。


漁師小屋の囲炉裏で、湯を沸かしていた嘉六《かろく》は、自在鉤《じざいかぎ》に掛けた鉄瓶が浮き上がり、振り子のように揺れるのを見て仰天した。

湯で腕を火傷《やけど》したが、痛みを感じる余裕がないほど大きな揺れだった。湯をかぶった囲炉裏の灰が舞い上がった。重い漁網が蝶のように舞った。鉄瓶どころか、壁に掛けた銛《もり》や網の錘《おもり》が飛んできた。

外に出ようと、踏み出した足が浮いて転倒した。膝を強く打ち、うずくまった。その背に、梁《はり》が落ちてきた。一瞬息が止まる。そのまま、しばらく動けずにいた。

揺れが止まった。這いながら、ようやく外に出た。

とたんに、地面が崩れるような激しい振動がまた襲った。這いだしたばかりの小屋が崩れ落ちた。囲炉裏の火が倒壊した小屋に移って、黒煙が立ち昇った。まわりの小屋も、ほとんどが倒れていた。

子の名を呼ぶ母親がいた。十歳ぐらいの男の子が倒れた柱に挟まれて動けなくなったのだ。居合わせた男と嘉六とが柱を動かそうとしたが、微動さえしない。

「梃子になる櫂《かい》を探せ」

と、漁師に怒鳴られて、泣き声をあげていた女が走り出した。

そのとたん、また地面が揺れた。

男と嘉六は、あわてて逃げた。子どもの頭に梁が落ちた。母親が駆け寄ろうとするのを、嘉六が抱き止めた。まだ余震が続いていた。

母親が泣き崩れた。袷《あわせ》に涙が染みて、嘉六の胸が濡れた。なす術《すべ》がないまま、嘉六は、膝を抱えてしゃがみ込んだ。

山鳴りがした。地滑りを起こした山肌から水が川のように溢れ出た。地面が割れて、幅二、三尺の溝が延々と続いていた。溝の片側が一尺ぐらい陥没し、段差ができたところもあった。

四半時ほど経った。

浜と磯から潮が引いていく。

「津波が来るぞ」

誰かが怒鳴った。弾《はじ》かれたように嘉六は立ち上がり、山に向かってやみくもに走った。海端《うみばた》にいた村人も駆け出した。

山崩れで半ば土砂に埋まった家の前で、泥だらけになった空翔が呆然としていた。傍らでお種が泣いていた。

「逃げろ、津波だ」

嘉六が怒鳴った。その場を動こうとしないお種を、空翔が抱き上げた。走りながら「母親は」と訊くと、空翔は首を横に振った。

嘉六が後ろを振り向いた。

黒い壁のようになった海が見えた。その壁が、荒磯を呑み込んだ。倒壊した漁師小屋も海中に沈んだ。海水が足首を濡らした。みるみるうちに膝まで水かさが増した。

とっさに、嘉六は傍《そば》の檜《ひのき》にすがりついた。直径が半尺に満たない若木だったが、枝に足を掛けて、無我夢中で登った。

遅れてきた空翔からお種を受け取り、引っ張り上げた。空翔も登ろうとしたが、勢いを増した海水が胸に達して、身動きが取れなくなった。

必死に檜にしがみついているうち、まるで急流のような勢いで濁流が押し寄せた。立木も、山沿いに建てられた家も流されていく。

三人がすがりついていた檜が揺れた。濁流に根元の土を削られたのか、檜が傾き始めた。お種の足元の枝に摑まっていた空翔が、そのまま海水に沈んだ。海面から出した顔が蒼白だった。上の枝を摑んで木に登る。三人の重みで、檜が徐々に傾《かし》いでいった。

濁流の勢いが衰えることはなかった。

「しっかり摑まっていろ」

と、嘉六が怒鳴ったものの、三人とも濁流に呑まれるのは時間の問題だった。

「お種を頼むぞ」

と喚《わめ》いて、深く息を吸った空翔が、枝から手を離し、そのまま濁流に身を投じた。止める間もなかった。

一人分軽くなったとはいえ、檜は少しずつ傾いていく。お種を抱えたまま、嘉六は懐の袋を握って、恐怖に耐えていた。

しばらく、木にしがみついていると、海水が逆向きに流れ出した。黒い濁流が、海に向かって引いていく。さきほどより、水勢が激しかった。

おっ母《かあ》に預かったこの袋の中身を観音様に見せるまでは、おら、死ねない。

そう思った時、足を掛けていた枝が折れた。お種が濁流に投げ出されたが、その片手を必死で握った。お種の体が、水中の木の葉のように揺れた。

「放すな」

嘉六の怒声は、お種を励ますためではなく、自分を叱咤するためだった。手がしびれ、意識が朦朧としてきた。嘉六は肩を噛んで正気を保とうとした。

傾いていた檜が横倒しになった。

「お種」

と、嘉六は叫んだ。お種の柔らかい掌が、自分の指から離れていく。そのままお種の姿は見えなくなった。

嘉六も、倒れた檜と一緒に波にさらわれた。急流のような波に翻弄され、浮いているだけで精一杯だった。流されたお種を探す余裕などなかった。

村にあったあらゆるものが流されていく。水面から見ると、台所道具やら衣装長持やら、仏壇までが流されていく。そうした物に顔をぶつけないよう、体の向きを変えながら泳いだ。

顔の傍《そば》を、何かがよぎった。転覆した小船だった。

そのぬるぬるした船底に這い上がった。衰弱した体を横たえたまま、嘉六は、流される小船に、身を任せるほかなかった。

転覆した小船の船底に横たわった嘉六は、疲労のあまり転げ落ちそうになるのに耐えていた。

空翔は、土壇場でお種とおらを救おうと、檜の枝から手を放した。あいつ、死ぬ気だったのか……。

このまま、引き波にさらわれて沖に流されれば、渡海船で漂流したときと同じことになる。嘉六は、餌付けしたあげくに食ってしまった鷗の助七を思いだした。

頚《くび》を折る時、助七に睨まれた。

「なぜだ、なぜ裏切ったのだ、友ではないのか。なぜ殺すのだ」

でも、おら、鬼になって食ってしまった。飛鳥村でおっ母が死んだときと同じだ。あの時、おっ父から睨まれた。おら、鬼になった。

流されながら、陸《おか》にいるときよりずっと、いろいろなことが嘉六の頭を駆けめぐった。たぶん、直《じき》に死ぬと思ったからだろう。

嘉六には、この天変地異は、大きな力が人を試すために起こした試練ではないか、と思われてきた。

普段は仏のような人が鬼になり、自分は鬼だと思い込んでいた人が、仏になったりする。おらのなかの鬼が、「手を放してしまえ」と、おらに命じて、頑是《がんぜ》ないお種坊を見殺しにさせたのかもしれない。

嘉六は、首に掛けて肌身離さず持っている、死んだおっ母から託された袋が、まだ残っているのを確かめた。そして、お種と同じ年ごろによく遊びに行った、粗末な御堂しかない故郷の飛鳥寺を思いだした。堂の向こうに広がった田畑と穏やかな山並みが懐かしかった。

あの、いかつい顔した大仏様は、悲しそうだったり、別な時には微笑んだりしているように見えた。仏様でも、あんなに表情が変わる。おらのなかに鬼がいても、仕方ないのかもしれない。

でも……。

「人はもともと仏だ」

飛鳥寺の元鉄《がんてつ》和尚が、よくそう言っていた。おらのなかにも、仏がいるのだろうか。呑んだくれのおっ父《とお》のなかにも、仏がいたのか。

困窮していた両親が、生まれたばかりの弟を殺したときの記憶が嘉六を苦しめた。弟のためと

思って自分の運んだ手桶の水に浸した紙で、弟が殺されたからだ。

大仏の前でその話をしたら、元鉄和尚は「一切衆生悉有仏性《いっさいしゅじょうしつうぶっしょう》」と経の一節を唱えた。「えっ」

と訊き返したら、「人はみな仏だ」と、とぼけた顔をされた。

空翔が観音浄土寺の住職をしているときには、自分のことしか考えない堕落坊主だと思ってい

たが、あいつはお種のために我が身を捨てようとした。助七を食ってしまったおらは鬼で、空翔

はおらより、本当は仏に近かったのかもしれない。

ひっくり返った小船の底で仰向いていると、紺碧の空が見えた。

あの空に比べたら、おら……。

そう思って、眼をつむっていると、突然、海に投げ出された。引き波にさらわれた船が荒磯の

岩にぶつかった。船底に這い上がる間もなく、小船は、そのまま沖に流されてしまった。

半時ほど岩にしがみついていた。体温が奪われ、頭が朦朧としてきた。死ぬ覚悟をして岩肌か

ら手を放すと、足が底についた。水が引いて海面が低くなっていたのだ。

ぬるぬるした岩によじ登って、体を掌で擦《こす》った。冷え切った体に熱が戻った。鷗の助七を食ったときのように、力が湧いた。

嘉六は荒磯を歩いて陸《おか》に戻り、急いで山に逃げた。山道は険《けわ》しかったが、山頂部は台地のように平らだった。そこでは畑も耕されていた。

山では、逃げ延びた人々が焚火《たきび》のまわりに集まっていた。船も、家も、家族さえも流され、暗澹《あんたん》としている人々に、粥が配られた。椀がない者は、掌で受けて啜《すす》った。近くの最御崎寺《ほつみさきじ》の僧が施した粥だった。

粥を配っている僧のなかに、僧衣姿の空翔がいた。波に身を投じたあと、流れてきた屋根板に摑まって溺れずにすんだと言う。

「褌姿を憐れんで、僧衣を施された。久しぶりに、こいつを着た」

と、ぶっきらぼうに言ってから、「お種は？」と訊いた。

「はぐれてしまった」

空翔が刺すように、嘉六を睨んだ。

「頼んだはずだ」

言葉に詰まった嘉六がうつむいた。

「すまない」

「なぜ生きている」

と言われて、嘉六が顔をあげた。

「なぜ、生き残った。俺たち二人とも」

そう言った空翔に答えることができなくて、嘉六は大声で泣いた。自分の声なのか、誰かが泣いているのか、分からなくなるほど、大声で泣いた。

心のなかでおっ母とおっ父の名を叫びながら、涙が止まらなかった。

お種も殺してしまった。また一つ、悪行《あくぎょう》を為してしまった。

「すまない。すまない」

と絶叫する嘉六を、呆気《あっけ》にとられた空翔が「泣くな」とたしなめた。

「ここにいる者は、みな家族を失っている。泣きたくても、泣かないのだ。他人を悲しませてしまうからな」

そう言われても、親の死とお種の死とを思い、嘉六の涙は止まらなかった。

おっ母に頼まれたからだけではねえ。観音様に会って許してもらわなければ、おら、救われない。

嘉六は、転覆した小船にしがみついて海に流されたほうがよかったと、ここに戻ったことを悔やんだ。

「夜が明けたら、行方《ゆくえ》知れずの村人を探す。救えるものがいるかもしれない。手伝え」

空翔が、寺から借りた鍬を手渡した。明日、まだ元気なものが山を下りて、倒壊した小屋付近の土砂を浚《さら》うことになった。まず、津波で流されなかった家の付近で、生き残った者を探し、それから磯を探索する。

身内が行方不明になった者はもとより、家を失った者も、家族が死んだ者も、喜んでこの探索に参加したいと申し出た。

磯での作業は、遺体を見つけることが目的になる。みな、それが分かっていたが、口にはしなかった。

「俺とは宗派が違うが、葬儀に寺の坊主が出払ってしまうから、村での仕事を指図しろと、寺から頼まれた」

ぶっきらぼうに、そう言った空翔が、懐から数珠を出して見せた。

「一生かかっても、お種を探すと決めた。手伝うか?」

嘉六は「すまない」と詫びた。

「しばらくは手伝う。でも、おらは観音様に会いに渡海する」

「阿呆」

横鼻を掻いた空翔が、吐き捨てるように言った。

七章　悪人

大地震は、大坂でも甚大な被害を出した。地震で倒壊した家屋が多かったうえ、堀川の水位が、津波で一丈《いちじょう》も上がったので、四周を堀川に囲まれた島之内などは水浸しになった。

まだかろうじて立っていた家の屋根に難を逃れる者が多かった。ところが、平時には湾内に停泊している大型の廻船が、水かさの増した堀川に流れ込んできた。橋を破壊しながら上流に進んだので、多くの犠牲者が出た。道頓堀川筋の日本橋《にっぽんばし》で、やっと船が止まるありさまだった。

古代に難波と飛鳥京とを結ぶ官道として整備された竹内街道《たけのうちかいどう》は、沿道に寺社が多く、平時には人の行き来も多い道だった。大坂や堺の被害が甚大だったにもかかわらず、竹内街道を歩けば、一日で着く飛鳥村は、地震の被害を受けず平穏だった。

嘉六《かろく》が住んでいた家近くの飛鳥寺の西側には小高い丘陵がある。そこに登ると、村が一望できた。なだらかな山並みに囲まれたこの辺りでは、稲刈りの終わった田には稲藁《いなわら》が干され、百姓屋の軒には、まだ半乾きの干し柿が吊るされていた。

飛鳥寺の住職《じゅうしょく》元鉄《がんてつ》と次郎吉という庄屋とが、日差しの残った縁側で将棋を指している。

次郎吉の家は大家族である。七十を越えた父母が健在で、妻と四人の子、さらに弟夫婦が同居していた。あわせて十人、さらに使用人四人を含めて十四人が暮らしていた。その上、飛鳥寺から、元鉄が当然といった顔つきで、飯を食いに来た。

飛鳥寺は、法隆寺建立より前に、曽我氏の創建した大層由緒ある寺だと、元鉄は自慢していたが、畏《おそ》れ多いことに、村人が建てた、大仏様が雨風に曝《さら》されない程度の御堂しかない貧乏寺だった。

外井戸で食器を洗い終わった飯炊きが、茶を出した。

二人は、大地震の話をしていた。庭では、子どもたちが笹にまたがって竹馬に興じていた。

「四年前に関東で大地震があったばかりなのに、また今度の大地震じゃ。前の地震のあと、公《く》方様《ぼうさま》が元号を元禄から宝永にお変えになったが、天変地異は、いっこうにおさまらない」

将棋盤に、音を立てて駒を置いた元鉄が、眉をひそめた。駒を置いたあとで、「しまった」と思ったからだ。「待った」と言うのを無視して、次郎吉が、今置かれたばかりの「銀」を「角」で取った。

「待て、と言ったのに」

と、次郎吉が睨まれる。

「駒から手が離れたら、待てませんよ」

嬉しそうに鬢《びん》を掻《か》いた次郎吉が言葉を続けた。

「あの地震は、公方様が赤穂の義士に腹を切らせたから起きたという風聞もありますな」

「しいっ」

と、元鉄が口に指をあてた。

「めったなことを言うものではない」

茶を啜《すす》って、「美味《うま》い」と飯炊きに微笑みかけた。

庭の柿の木に、三、四個残された実を鳥が啄《ついば》んで、蔕《へた》だけが残っていた。この辺りでは、鳥のために、わざと少し実を残す習慣があった。

齢《よわい》五十を越した元鉄だが、口元が引き締まり、眼光が鋭かった。僧というより、まるで野武士か山伏のように見える。そんな坊様が、崩れそうな貧乏寺で大仏様と一緒に寝起きして、庄屋の家に入り込んでは、飯を「美味い、美味い」と言って何杯もおかわりした。

「四年前の元禄大地震では、相模国小田原御城下で大火事が起きて、お城の天守閣が燃え落ちたと言いますが」

四十代の働き盛りの次郎吉が懐手《ふところで》をして、次の手を考える。元鉄とは正反対の、鼻筋の通った優男《やさおとこ》である。

「あのときには、相模や駿府では、地震のうえに津波が起きて、大勢死人がでたそうじゃ。お犬様を憐れんでも、元号を変えても、天の御怒りはやまない」

「しいっ」と、今度は次郎吉が口に指をあてた。

茶を口に含んで噛むように飲んだ次郎吉が、「ところで、今度の大地震で、大坂では倒れた家や命を落とした人は数知れず、一万人とも二万人ともいう死者がでたという噂が流れております」と言った。

茶碗を口にするたびに、袖から白く細い腕が覗《のぞ》いた。

「堺は?」

「地震で崩れなかった家も、潮が上がりましたので、平屋は天井近くまで、二階家でも一階は水浸しになったそうです。水が引いたあとも、泥を掻い出すのに人手が要ります。でも、人手と言っても、あの地震のあとでは……」

次郎吉が、茶碗を置いて煙管《キセル》を使った。黄昏時《たそがれどき》の縁側に、紫煙が漂った。元鉄が口を開いた。

「刈り入れが終わってから、地震があったのは、不幸中の幸いじゃった。津波に襲われなかった村では、食い物はなんとかなる。藩も御公儀も、年貢米を少しは供出《きょうしゅつ》するじゃろうから。しかし、これほど被害を受けた地域が広いとなると」

しばらく、二人とも黙り込んだ。次郎吉が立ち上がって、軒に吊るした生乾きの干し柿をもぎ取った。

「聞くところでは、今回は名古屋御城下の被害も大きいそうです」

大きめの柿を元鉄に渡し、庭で竹馬遊びをしていた子どもたちにも手渡した。子どもたちが歓声をあげた。

「四年前は東。今度は西。天変地異が、こうも立て続けに起きるとは……」

すっかり暗くなった。下男が灯りを廊下に置いた。十一年前の飢饉の惨状が、元鉄の脳裏をよぎった。

「これ以上、天災が続かねば良いのじゃが」

「諸色《しょしき》の値も上がりましょう。困るのは百姓」

そう言いながら、干し柿を齧《かじ》っている次郎吉に、「嘉六《かろく》は、今、どうしているかのう」と、元鉄が尋ねた。次郎吉が、庭に種を吐いた。

「嘉六？　あの出奔《しゅっぽん》した嘉六ですか」

次郎吉の口調には、嘉六へ悪意が感じられた。

「あの悪人め」

と、干し柿の種を、また庭に吐きだした次郎吉が唸った。元鉄が、坊主頭を掌でさすった。

「悪人とは言い切れまい。子どものころから、大仏様を熱心に拝みに来ておったぞ」

「悪人ですよ。死にかけた母親を殺し、父親まで殺した。捕まっておれば、当然、獄門です」

「親を殺した？　殺していないという証拠はないが、殺したという証拠もないのじゃ。動けなくなった母親を一人で看病していた孝行息子だと言う村人もおるぞ」

干し柿をたいらげた元鉄が立ち上がって、「もう一つ貰う」と軒に吊るした柿を、勝手にもいだ。

「孝行息子が、なぜ、看病していた母親を殺すのです」

そう、むきになって言い募る次郎吉を、「だから、殺したかどうか分からない、と言っておるのじゃよ」と元鉄がたしなめる。

「でも、葬儀もせずに逃げましたわ」

「なにもかも、嫌になったのかもしれん」

次郎吉が、顰《しか》め面《つら》を横に振った。

「しかし、父親も殺した」

「そういう噂が立った、というだけじゃ」

元鉄の言葉を聞いた次郎吉が反駁した。

「喉を絞められた母親の遺体の傍らで、父親が頭を割られて死んでいた。そして一人息子が逃げ去った、というわけですから、誰が考えても……」

「逃げたからといって、殺したことにはなるまい」

「お言葉ですが、やましいことがあるから逃げたのでしょう。父親を、たいそう憎んでおったようですし」

「あの男は、酒ばかり飲んで女房の薬代も酒代に消えるほどだった。嘉六が恨んだとしても仕方なかろう。だからと言って、殺したかどうかは分からんぞ」

日が暮れて、寒いくらいなのに、元鉄は胸をはだけて汗を拭いた。さっき食べた生乾きの干し柿が汗に変じたようだ。白髪まじりの胸毛を、縁側に置いてあった雑巾で擦《こす》った。

「いくら酒好きでも、親は親。子は、すべからく親に恩があります。子を焼いて食おうが、煮て食おうが親の勝手。しかし、おっしゃるように、たとえ害していないとしても、子が親を恨むなどとは悪人の所業」

次郎吉の言い分が気にくわなかったのか、元鉄のいかつい顔が紅潮した。

「ほう。十一年前、飢饉の続いたときを覚えておろう」

「覚えております」

不作が全国に及び、飛鳥村も例外ではなかった。元鉄が咳払いをした。

「あのときは、飢えた百姓が、間引《まび》くと称して、生まれたばかりの子を殺して、人減らしをした。おぬしには、それが許せるのか」

次郎吉は横を向いたまま、「そういうこともありましたな」と眉間《みけん》に皺をよせた。

「親も子も人。親が、かわいいはずの子を殺すのなら、子が敬うべき親を憎んだとしても不思議はあるまい」

「しかし……」

「人の情《なさけ》は、理屈ではない。仏にもなれば鬼にもなる。人を悪人と決めつけるな」

将棋の駒を振り上げた元鉄が、芝居がかった仕種で王手をかけた。

「嘉六は、そこで遊んでおったおぬしの子どもと同じ年ごろで、弟が間引かれるのを見たそうじゃ。大仏様の前で泣きながら、拙僧に、そう訴えた」

竹馬を片付けた子どもたちが、台所で、母親から葛湯《くずゆ》を貰っている。

「弟が死んだのは親父のせいだ、とも言っておったな」

負けを認めた次郎吉が将棋盤を片付け始めた。

「ならば、ますます」

と次郎吉が言うや、形相《ぎょうそう》を変えた元鉄が一喝《いっかつ》した。

「弟の死をこれほど嘆く優しい心根の持ち主が、親を殺すか」

次郎吉はまだ納得しがたい顔をしていた。


室戸で空翔《くうしょう》を手伝って七日過ぎたころ、嘉六は再び渡海を決意した。

救えなかったお種や失われた数多《あまた》の命のために、観音様の胸にすがりたかった。人に生まれた悲しみや苦しみから解き放たれたいと願った。

室戸の集落では、地震で崩れた家から遺体が見つかることはあっても、津波に流された家の跡には、遺品さえ残らなかった。船を出して、行方知れずの身内の遺体を必死に探す漁師もいた。

空翔は、人々を集めて、区分けした被災地を、日ごとに集中して探索させた。これは、遺体を探すのに効果をあげた。が、生存者は見つからなかった。

磯の潮溜まりに浮いていた幼子や、半身が瓦礫に埋もれた男や、岩場にうつぶした女、そういう数知れぬ遺体を探し出しては荼毘《だび》に付した。七日過ぎると、見つかる遺体は稀になった。が、空翔はこの作業をやめようとはしなかった。かわいがっていたお種が、まだ見つかっていなかったからだ。

「一生かけても、お種を見つけ出す」

空翔は、嘉六にそう言ったが、まだ家族が見つからない者の気持ちも同じだった。

津波が起きた日に、空翔と漁に出た老漁師は、四十年連れ添った妻が行方知れずだった。流されていく屋根の上にしがみついていたという目撃者の話を聞き、老漁師は毎日船を出して、老妻を探した。

七日経つと、船を出さなくなった。

「婆《ばば》は、きっと補陀落山《ふだらくせん》で観音様に会っているにちげえねえ」

老漁師は、悲しみに沈んでいる人々に、そう言った。

嘉六は、空翔から、この地でも昔は補陀落渡海が行われていたという話を聞いた。

観音様は、おらたち衆生の一切の苦を救ってくださるという。

「ならば」

と、嘉六は老漁師に渡海の決意を伝えた。

地震と津波で死んだ、多くの老若男女。生き残った人々の悲しみと苦しみを観音様に伝えたい、と老漁師に言った。

「食い物はないが……」

と、老漁師がすまなそうだった。

「水さえあれば、観音様が導いてくださる」

老漁師は、「わしの船を使え」と言ってくれた。

「船を渡海船にしてしまえば、もう漁はできねえ」

嘉六がそう念を押すと、「わしも渡海する」と、笑い声をたてた。


大地震の一か月後、嘉六と老漁師とが、補陀落山を目指して海に出た。

家族を失った村人が合掌して見送った。そのなかに空翔もいた。別れ際に、「お種が見つからなければ、俺もいつか渡海する」と囁《ささや》いた。

「僧でもないお前が補陀落渡海するなど阿呆臭いと思っていたが、毎日、真っ黒に汚れた遺体を掘り出していると、お前の気持ちが分かってきた。いつになるか、分からんが……、俺も観音に会いたくなった。会ったら、恨みごとを言うかもしれんが」

空翔は、嘉六の手を両掌で包んで、「俺も、阿呆の仲間入りだ」と、照れたような笑みを浮かべた。

鳥居を配した屋形船にこもる那智の補陀落渡海とは違い、今回は、水を詰めた樽とわずかな食糧を積んだ櫓漕《ろこ》ぎの漁船に乗るだけである。老漁師が櫓を使い、沖で櫓を捨てた。老漁師が一人で渡海するのではなく、在家の者が二人で補陀落山に渡るなど前代未聞だった。老漁師の名は助七《すけしち》と言った。渡海船で嘉六が食ってしまった鷗と、偶然だが同じ名前だった。助七は、嘉六に手鏡を見せた。

「あちらで、婆が化粧でもしたがっているかもしれねえと思うてな」

皺の深い土色の老人の顔に涙がつたった。

嘉六たちが船に乗って、三十日ほど過ぎた。

五十日分の水を入れた樽に、目印を付けておいた。目印が暦の代わりになった。船は黒潮に流され、東に向かった。どこを漂流しているのか分からなかったが、天気の良い日には、水平線の彼方に富士山が見えた。潮に乗って紀伊半島を越えてしまったようだ。

水以外何も口にしない日が続いていた。体力の消耗した嘉六と助七には、もちろんその景色を楽しむ余裕はなかった。

十一月二十三日のことである。

昼過ぎから急に空が曇った。曇ったというより、今まで燦々《さんさん》と輝いていた太陽が、靄《もや》に覆《おお》われたように急に見えなくなった。雷鳴が聞こえ、黒雲が湧いた。嘉六は雪でも降ってきたのかと思った。

船で仰臥《ぎょうが》していた助七も、顔がむずがゆくなって、半身を起こした。一面に白い灰のような粉が降り注いでいた。船にも粉がうっすらと積もっていく。

「観音様が米粉《こめこ》でも降らしてくれたか」

と、冗談を言った助七が粉を舐めて、すぐに吐き出した。

「苦《にが》くて食えねえ」

わけが分からないまま、白い粉を、掌で掻《か》き集めては海に捨てた。

朦朧となった頭で、補陀落山に近づいたのかと二人で喜んだこともあった。が、夕方になると、粉が黒く変じてきた。補陀落山には一向にたどり着かなかった。

翌日も粉が激しく降り注いだ。さらに、一日経った。粉の降るのがやんだので、船縁《ふなべり》にすがりついて水平線を見た。

富士山が見えた。その頂きから黒煙が噴き出ていた。

ここに至って嘉六には、ここ数日、粉の降り続いた理由がはっきりと分かった。

富士山が噴火したのだ。地震の起きた四十九日後のことである。船縁にもたれていた嘉六は、そのまま崩れ落ちるように意識を失った。

意識を取り戻したのは、雨が降ったからだ。助七が、嘉六の口をこじ開けて注いでくれた水を飲み、生気が蘇った。食料はとっくに絶え、樽には、もう飲み水がほとんど残っていなかった。

食わずにいると、五日ほどはどんなものでも口にしたくなる。さらに十日経つと、体の余分な肉や脂肪がなくなり、食欲さえ失せる。そして、二十日以上食べない日が続いた今では、過去と現在、現実と夢との境界が霧散してしまった。

貯めた雨水も絶えて二日経った。この間は、横になって眠ることさえできなかった。昔のことが、時間軸に関係なく色のない画《え》のように脳裏に浮かんだ。それを言葉にすることはできなかった。はっきりしているのは、生きて観音様に会わなければ、という意志だけである。

那智から渡海した時、嘉六は餓えを体験していた。志半ばに死ぬかもしれないと思った。今度は、何としてでも生き残ってやるという意志のほうが強かった。

老いた助七の体力の消耗は嘉六より甚だしかった。横たわったまま、嘉六が顔に手を触れても反応がなかった。

船縁にかけた手が、かすかに動くので、まだ生きていることが分かった。時々干からびた唇が動いた。何かを話したがっているようだった。

助七は、朦朧とした意識のなかで、行方知れずの妻と再会していた。老妻は、毎朝、漁に出る前に熱い汁を作ってくれたときと同じ顔をしていた。

よく、探し出してくれたね。

すまねえ。わしだけが生き残っちまった。

あんたが生きてて、ほんとによかった。海に流されたで、皺だらけのひどい顔になっちまった。

老いた妻が、はにかんだ。助七は、あわてて首を横に振った。

いつもの顔じゃ。そうじゃ、手鏡を持ってきたぞ。

妻が微笑んだ。

あんた、なんで、また海に出た？

観音様に会うためじゃよ。

もう、会っています……。

助七が「えっ」と訊き返して、妻に手を伸ばした。妻がその手を胸元に曳《ひ》いた。娘のような艶《つや》やかな肌をしていた。助七が何か言おうとした口元に、細い指が触れた。真綿のように柔らかかった。

観音様……。

嘉六が、耳を助七の口元に寄せた。助七は「ク・エ」と、言っていた。

「ワ・シ、ク・エ」

今度は、はっきりと聞き取れた。助七は、自分を食らって生き延びよ、と嘉六に言っていたのだ。

八章　観音狂い

富士山大噴火の報は、飛鳥村にも届いた。十二月になっても、噴火は断続的に続いていた。普通なら噂は話を大げさに伝えるものだが、今回の被害は、人々の想像を超えていた。大地震に続いて大噴火が起きるという異常な事態に、噂のほうがついていけなかったのである。

「江戸では、白い灰が降ったあと黒い灰が降り注いで、日中でも灯りが必要なそうじゃ」

「鬼が出そうじゃ。恐ろしい」

「小田原藩の被害は、すさまじいとよ」

「川が灰に埋まって、洪水になったというぞ」

「田畑《でんぱた》はどうなったんじゃろうか」

村人は顔を合わすと、誰彼となく、富士山大噴火の話になった。

年が明け一か月経つと、藩単独での復興を断念した小田原藩は、被災地を中心にした領国半分を幕府に差し出し、その救済を嘆願した。被害は、それほど甚大だった。

幕府は、全国の天領と諸藩に課税して、復興資金を捻出《ねんしゅつ》したが、それはのちのことである。それでも、被災地は復興できなかった。

西では、大地震の甚大な被害が人々を苦しめ、元禄末年の地震からの復興もままならない東では、富士山が大噴火した。この天変地異に、流言蜚語《りゅうげんひご》が蔓延した。

宝永四年十月四日に大地震が起きてから、約半年が経った。宝永五年は閏年《うるうどし》なので、一月、閏一月、二月と暦が動いた。この間、七回も余震があったが、閏一月二十七日と二月二十五日の余震は、大坂でも大きく揺れた。

例年なら花見ごろなのだが、たびたび起こった地震のせいで、人々に桜を愛《め》でる余裕などなかった。

地震除けに仏を画《えが》いた稚拙な絵や札を懐中したり、得体のしれない山伏に加持祈禱《かじきとう》を頼んだりする者もいた。いつの世にも、災厄《さいやく》を儲けの手段と考える手合いがいる。行き場を失って乞食同然の生活を強《し》いられたり、気がふれたりした者も多かった。

桜の蕾が膨らみ始めたころ、飛鳥寺の元鉄《がんてつ》が、突然「大坂に行く」と言い出した。寺は、次郎吉に任すと言う。任すと言っても、早朝、御堂を掃除するだけなのだが。

「人心が闇に迷っている今こそ、わしの出番じゃ」

旅支度をした元鉄が、旅立ちの日の早朝、次郎吉一家に別れを告げた。梅の枝でメジロが囀《さえず》っていた。

「おぬしの炊いた飯は、ほんに美味《うま》かった。じゃが、ここで美味い飯を食って贅沢をしていては、仏様に申し訳ない」

飯炊きの頬に流れた涙を、元鉄のごつい指が拭った。その指についた涙を、「しょっぱいのう」と、大げさにしゃぶって見せた。子どもが飴を舐めているような顔を見て、飯炊きの顔が泣き笑いになった。

元鉄は、竹内街道《たけのうちかいどう》を上《のぼ》って大坂に着いた。飛鳥寺と縁のある、聖徳太子の創建した四天王寺の宿坊に、当分の間泊まることになった。そこを根城に、肉親を失った被災者の面倒を見たり、親と逸《はぐ》れた子の世話を焼いたりするつもりだった。新しい家屋が建ち始め、大坂にも復興のきざしが見え始めていた。

元鉄が四天王寺に向かって歩いている。

四天王寺境内に建てた小屋に、被災者が仮住まいしていた。野武士のような顔には不似合いな、丈《たけ》の短い継ぎはぎ衣を着た元鉄がおかしいのか、行き交う人が振り向いた。元鉄は、歩きながら干し柿を齧《かじ》っては種を道端に吹き飛ばした。その、子どものような仕種を見て、なかには無遠慮に笑いだす者もいた。

庄屋の次郎吉を介し、飛鳥村近辺の農家から大量に干し柿を仕入れた商人が同道した。白い粉《こ》のふいた甘い白柿《しらがき》は、菓子として重宝された。

「飛鳥村から干し柿を送ってもろうて、助かりますわ」

まだ若い商人が懐手《ふところで》をした。

「おぬし、柿を売るのに、銭を持っている者には高値で買わせ、無い者からは、あるとき払いの証文を取るだけで銭は取らないそうじゃな。並みの商人にできることではない」

「損はしとりまへんわ。商人は品物売るだけではのうて、信用を売ります。干し柿のことが噂になれば、暖簾《のれん》に箔がつきますさかい」

厚鬢《あつびん》の額を掌で叩いた商人が照れ笑いをした。

「こんなときにこそ、己のできることをなさねばならぬ。生き延びたことに感謝して、己を省みる。それが仏の大慈《だいじ》大悲《だいひ》にかなう道じゃ」

元鉄の唇がへの字になったが、すぐに「この柿は、ほんに甘いのう」と、厳《いか》つい顔が破顔《はがん》した。

「もう一つ、どうでっか」

商人が腰に吊るした袋から出した干し柿を嬉しそうに貰って、また齧《かじ》りついた。

「あれは?」

道の向かい側に、人だかりがしている。

月代《さかやき》が伸び放題、根笹《ねざさ》のような長身に襤褸《ぼろ》をまとった男が、一点を見据えて、何か怒鳴っていた。

「最近、あの手合いが増えましてな。神がかりやら、狐に憑《つ》かれたのやら、ようわかりまへん。あの狐憑き、この辺りでは有名ですわ」

「狐憑き？」

首に吊るした木綿袋を額にかざして、しきりに何か言っているようだが、声がかすれて聞き取れない。

「何か、怒鳴っているが……」

「喉がいけまへんのやろ、カンノンと言うてますのや」

手を叩いて囃《はや》している子どもの脇で、手代風の男が「観音狂い、踊ってみぃ」とからかった。

窪んだ眼元から、鋭い眼光を発しているこの男の顎は、茶色い髭で覆われていた。

「湊《みなと》に入った廻船が、海で拾うたんやそうです。飲まず食わずで、一人で小船に乗って漂流していたとか」

「観音がどうした、と言っているのだ？」

元鉄が、懐の数珠を握る。異様な「気」を感じたのだ。

「さあ、カンノンとしか言わんようです。狂うたはりますのやろ」

と、商人がこめかみを指で突《つつ》いた。

人だかりとすれ違いざま、観音狂いが元鉄を指差し、血走った眼《まなこ》を見開いた。

喉を掻くようにさすって、声を絞り出す。人々を押しのけ、摑み掛からんばかりに迫ってくる髭男に、元鉄が、鉄刀木《たがやさん》の数珠を振り上げた。

後ずさりした観音狂いが、意味の聞き取れない唸り声をあげた。元鉄の全身から発する精気が辺りに満ち、男をからかっていた野次馬が声を潜めた。

元鉄をしばらく凝視していた男が、悄然《しょうぜん》とした。しきりに何か訴えているようだが、言葉にならない。手を宙に浮かせて、自分と元鉄とを交互に指差した。

商人が、おずおずと飛鳥村の干し柿を差し出した。それを払いのけ、髭男が元鉄を睨んだ。が、元鉄の表情に変化がないと悟ったようだ。

肩を落とした観音狂いは、何度も振り返りながら立ち去った。

元鉄が、雑巾のような手拭で汗を拭いた。

「あの男、気がふれてはおらん」

元鉄が数珠を懐に入れた。

「正気も正気。並みの修行を積んだだけでは、あのようにはなるまい」

「へえ、修行？　お坊はんでっか」

「いや、違う。修行を積んだ僧の大慈悲が感じられない。しかし、あの眼光はただものではない」

「変化《へんげ》か、妖怪の類《たぐい》かもしれまへんで」

と、商人が首をすくめた。

「妙に気にかかる。あの男と、もう一度会いたい」

この観音狂いの髭男、それは一命を取り留めた嘉六《かろく》だった。髪も髭も茶色になり、すっかり面《おも》変《が》わりした嘉六を、元鉄が見分けられなかったのだ。

翌々日、商人が手配した料理茶屋で、元鉄と嘉六とが向かい合った。商人の店の手代が四、五人がかりで、逃げようとするのを無理矢理連れて来たのだが、嘉六は、元鉄の顔を見ると、おとなしくなった。

「腹が減っているか」

嘉六は、商人の注文した小鉢料理を、運ばれて来るやいなや手摑みで食い散らした。涎の垂れた口から異臭がし、仲居が悲鳴をあげた。

「海で拾われたそうだな」

そう元鉄に尋ねられて、嘉六は「うう」と唸ったきり、涙を流した。

船で衰弱死した老漁師助七《すけしち》は、自分を食えと遺言した。息を引き取る間際の助七は、穏やかな笑みを浮かべた。同じような顔をどこかで見たことがあると、嘉六は記憶を探った。それは、死に際《ぎわ》のおっ母《かあ》の顔だった。

嘉六は、腐って固まる前に助七の血を飲み、削《そ》いだ肉片を船底に並べて乾燥させ、食料にした。そうやって生き延びたのだ。

肉を削ごうとした時、助七の懐から手鏡が零《こぼ》れ落ちた。

化粧でもしたがっているかもしれないから、妻に持って行くと言っていたが……。

嘉六は、震える手で、その手鏡を助七に握らせた。

すまない、すまない。

二の腕と太腿の肉を取ると、助七の遺体を、自分の着ていた服で包んだ。冬の潮風が、容赦なく裸身の嘉六を刺した。その痛みに耐えながら、嘉六は念仏を唱えた。

三日三晩、助七の傍らで、嘉六は泣いた。泣きながら、助七の肉を咀嚼《そしゃく》した。

少し体力の回復した嘉六は、手鏡を括《くく》りつけた遺体を、海に流した。

観音様と会うまでは死んでたまるかという一念で、嘉六は助七の肉を食らった。が、結局、二度目の渡海にも、観音様は一度も姿をお見せにならなかった。

最初の渡海で鷗の助七を食い、二度目は漁師の助七を食った。なぜ、そうまでして自分が生きているのか、嘉六には分からなかった。

渇きと潮風に爛《ただ》れた喉から声を出すのに苦労していた。目の前の元鉄に、子どものころのように悩みをぶつけたかったが、喉から言葉が出なかった。かろうじて、しわがれた声で「ア・ス・カ」と言った。

「あすか？　飛鳥村のことか」

元鉄が、垢で汚れた手拭いで胸毛を擦《こす》った。

「おぬし、大和国の飛鳥村を知っているのか」

嘉六が、元鉄を指差し、「ダ・イ・ブ・ツ」と絞り出すように言う。元鉄が、驚いて嘉六を見た。

商人が「お知合いで」と、訝《いぶか》しんだ。面変《おもが》わりしていたが、眉間《みけん》の黒子《ほくろ》に見覚えがあった。

「嘉六か？」

目を見開いた元鉄が、向かいに座った嘉六の手を、思わず取ろうとした。嘉六は、怯《おび》えたように手を引っ込めた。人を食ってから、自分も食われるという妄想にとらわれるようになっていたのだ。顎髭と同じように、延び放題で茶色に変色した髪の奥から、猫のような双眸《そうぼう》が覗《のぞ》いた。

「嘉六、海でいったい、何があった」

その異様な眼光が、指先に刺さった棘《とげ》のように、元鉄には気にかかった。嘉六は、小刻みに頭を揺らしている。

「ス・ケ・シ・チ、クッタ」

嘉六がやっと口を開いた。顎髭から覗く唇が赤く湿っていた。

「助七？　何者だ」

「カ・モ・メ、クッタ」

猫のような目から涙が溢れた。

「鳥を食ったのか。不殺生戒《ふせっしょうかい》を破っても、鳥の命がおぬしの命に重なったと思え。おぬしが極楽往生すれば、鳥も往生できる」

嘉六が、激しく首を振る。獣のように咆哮《ほうこう》し、拳で畳を叩いた。自分は、極楽往生できるはずがないと思ったのだ。赤い唇が、もごもごと動いた。

「ヒ・ト、クッタ」

言葉を失った元鉄と商人とが顔を見合わせた。

「人？　殺したのか？」

いやいやする子どものような仕種をした嘉六が、「シ・ヌ、ク・エ、イ・ワ・レ・タ」と、しわがれ声でつぶやいた。

「し、死体を、く、食った、と言うてますのんか」

しきりに羽織の紐をいじっていた商人がどもった。

「餓鬼になったというのか……」

元鉄も黙り込んだ。懐中から数珠を取り出し、しばらく爪繰《つまぐ》っていた。嘉六の膝が小刻みに震えた。

「ガ・キ、ナッタ」

そう言って、うなだれた。

元鉄には、嘉六が妖怪のような「気」を発していた理由が分かった。人を食わなければ命を保てない過酷な体験をしたからだ。餓鬼が自分の手足を食ってでも生きようとする異様な生命力……。

「なぜ、海に出た」

「フ・ダ・ラ・ク」

汚れた爪で喉を掻きむしりながら、嘉六が答えた。

何のことか分からなかった商人が、「なんですの？」と頓狂《とんきょう》な声をあげた。

「観音浄土を目指して海を渡る補陀落渡《ふだらくわた》りのことじゃろう。古代から那智で行われている。今でも……」

「それなら、絵解きで見たことがあります。那智参詣曼荼羅《まんだら》とかいうたな、あれに画《か》いてあったわ」

「あれは仏道修行にはならん。渡海僧が餓鬼に変ずるだけのことじゃ」

元鉄が爪繰っていた鉄刀木《たがやさん》の数珠を指に掛けて合掌し、小声で念仏を唱えた。

「ガ・キ？」

と嘉六が唸り、獣のような目つきで元鉄を睨んだ。嘉六に確かめたいことがあった。故郷の飛鳥村を出奔《しゅっぽん》した理由である。

「おぬしが病死した母親から去った時、父親が死んでいた。おぬしが殺《あや》めたのか」

嘉六は「ああ」と唸ったまま、表情を失った。「分からない」とでも言っているかのように、うつむいた。

「わしは、おぬしを信じている。親を殺すような男ではない」

顔をあげた嘉六が、首をゆっくり横に振った。

「オ・ラ、オ・ニ」

「鬼であるものか。人は、みな仏じゃ」

元鉄を見つめていた嘉六が涙を流した。

「ホ・ト・ケ・デ・ナ・イ。ガ・キ」

元鉄が、鮫皮《さめがわ》のようになった嘉六の手を撫でた。

「カ・ン・ノ・ン、ア・イ・タ・イ」

「会える。観音様は、いつでもおぬしの傍《そば》にいらっしゃる」

「ア・ヤ・マ・リ・タ・イ」

「何を謝罪するのじゃ」

「オッ・カア」

嘉六が首にかけた木綿袋を撫でた。

「ヒ・ト・ニ、ウ・マ・レ・タ・コ・ト」

「人に生まれたことを謝ると言わはるのでっか」

商人が、幼子のように瞠目《どうもく》した。

元鉄は、嘉六のなかに埋もれている仏性《ぶっしょう》を、なんとか引き出したかった。

「子どものときから、心根の優しい男だった。いずれ故郷に帰らせるつもりじゃ」

「いずれ、ですか」

「今ではない」

元鉄には、嘉六に為さしめるべきことが見えてきた。それは、渡海を繰り返させることではない。

わしは、嘉六と再会できたことを仏に感謝しなければなるまい。

元鉄は、もう一度合掌して念仏を唱えると、迷いが消えた。

この人食い餓鬼を真人間に戻す。そう、決心したのだ。

九章　強請り

那智の寿貞尼《じゅていに》の庵では、親を亡くした子どもたちが「犬」と一緒に暮らしていた。庵といっても、地震で半壊した小屋を、崩れた家屋の廃材を運んで修繕したあばら屋で、雨風をかろうじて防げるだけだった。

地震と津波のあと、数日で寿貞尼の貯えていた食料が尽きた。穀物は絶えたが、岩海苔や潮溜まりの小魚や貝を獲って、しばらく飢えを凌《しの》いだ。今では、時々村人が雑穀を運んでくれるようになったが、食い物が足りなかった。この辺りでも、富士山噴火の惨状が噂になっていた。

村人は、補陀落渡海《ふだらくとかい》をし損ねた「犬」を、もう「犬」とは呼ばず、敬意を込めて「坊様」と言った。寿貞尼も、かつて夫婦だったときのように「定之介殿《じょうのすけ》」と本名で呼びかけた。

身寄りのない子どもたちと一緒に、太股を怪我した男とその妹とが暮らしていた。海に流されたが、生き延びて、ここにたどり着いた又八と、地震で女衒《ぜげん》が死んだおかげで女郎にならずに済んだお雅《まさ》である。

嘉六《かろく》が空翔《くうしょう》の身代わりとなって補陀落渡海する時、お雅は「犬」から話を聞いたことがあったが、又八は、ここにたどり着くまで「犬」と口をきいたことはなかった。刺し傷が癒えると、又八は、盗む銭さえないこの庵から抜け出す機会を窺《うかが》っていた。

地震から三か月ほど経って、定之介が大坂に行くと言い出した。

「船に乗る銭がない。托鉢しながら紀伊路を歩いて大坂に出る」

「なにゆえ、大坂に?」

「蔵屋敷に、侍だったころの朋輩《ほうばい》がおる。銀《かね》を借りて、どこかで食い物を買ってくる」

「借銀? 返せるのですか」

「返せるはずがない」

怪訝顔《けげんがお》になった寿貞尼に、眉間《みけん》に皺をよせた定之介が、「強請る《ゆす》」と、こともなげに言った。朋輩だという蔵屋敷の侍は、主君に讒言《ざんげん》をして、無実の侍を、「犬」すなわち定之介に討たせた張本人だった。

寿貞尼は顔を顰《しか》めたが、みなし子たちのために銀《かね》と食料が必要だったので、「おやめください」とは言えなかった。股の刺し傷が癒え、ぎこちないが歩けるようになっていた又八が、ぜひ同道させて欲しいと懇願した。

「お世話になったお礼に、定之介様の荷運びをいたしやす」

と、殊勝な顔でかしこまって往来手形をまんまと手に入れた。寿貞尼と子どもたちに送られて、二人は大坂に旅立った。

那智を出立した定之介と又八は、十日ほどで大坂に着いた。

銭がないので、乞食たちに混じって雨露を凌《しの》げるだけの筵小屋《むしろごや》で一晩を明かした。又八は、翌朝、食い物を探すと偽って定之介に同道するのを避けた。

定之介の強請る相手が津藩藤堂家の武家だと聞いて、捲き添えを食うのが怖くなったのだ。

「旦那、相手は二十七万石の御大名様の御家来衆だ。無理しちゃいけませんぜ」

「斬り殺されるかな。ふん、望むところだ」

「また、そんなことを……」

顔をゆがめた定之介が川に投げ込まれた野良猫のように、又八には思われた。

定之介は、侍だったころ、伊勢国津藩の藤堂高睦《とうどうたかちか》に近侍《きんじ》した。津藩の蔵屋敷は中之島にあった。その蔵役人服部玄蕃《げんば》が強請りの相手である。玄蕃は藩主の覚えがよく、今では蔵役人を統率する蔵屋敷留守居役に就《つ》いていた。

津藩も、宝永大地震と津波で甚大な被害を被《こうむ》った。藩財政の要《かなめ》ともいえる重職、蔵屋敷留守居役の玄蕃が、そう易々と銀《かね》を出すはずのないことは定之介も承知していた。

強請りのねたは、こういうことだ。

当時江戸藩邸で、服部玄蕃は、家臣の行状を隠密裏に主君に報告する横目付《よこめつけ》を務めていた。彼が、藤堂高睦の小姓に横恋慕したと讒訴《ざんそ》した家中《かちゅう》の侍は、上杉文之助という妻子ある物頭《ものがしら》だった。文之助の書いた懸想文《けそうぶみ》が証拠として高睦に提出された。

その文は、たしかに文之助のしたためたものだったが、宛名が書かれていなかった。実は、この懸想文は、高睦の小姓ではなく、別人に宛てたものだったのだ。

このことを定之介が知ったのは、高睦に命じられて文之助を討ち果たした後のことである。文《ふみ》の本当の受け取り手である若衆《わかしゅ》が、涙ながらに定之介に事情を告白したあとで、上杉文之助の跡を追い自害した。家中の衆道《しゅどう》は禁じられていたので、若衆の家では、この死を病死と届け出た。

服部玄蕃の誤解が、無実の侍二人の命を奪うことになった。定之介が玄蕃の失態を高睦に訴えようにも、二人が男色《なんしょく》を禁じた藩の法度《はっと》に背いたことにかわりはない。露見していれば、上杉文之助と若衆とは、いずれにしろ腹を切らなければならなかった。

失態が高睦に知られても、玄蕃には都合が悪いが、二人の命が戻るわけではない。また、誤った上意討ちを命じた高睦の軽率さも咎められることとなる。

この事実を知っているのは、死んだ若衆の家族を除けば、当の服部玄蕃と定之介の二人だけのはずだった。若衆の家では、法度を犯した彼の罪を公にするはずはなく、また念者《ねんじゃ》上杉文之助の妻は、上意討ちされた夫の跡を追い、子どもを道連れに自害していた。

無力感に苛《さいな》まれた定之介は、出家して侍の意地を貫こうとした。

結局、この一件で傷つくことがなかったのは、玄蕃ただ一人だった。定之介は、横目付時代の玄蕃の失態を、銀《かね》をよこさなければ藩に訴え出る、と強請るつもりでいた。

蔵屋敷の門前で、大声で名乗りをあげた。出家したとはいえ、定之介は、かつては藩主藤堂高睦の馬廻り役を務めていて、彼の名を知らない者はいない。しばらく経って切戸《きりど》が開けられ、中間《ちゅうげん》に奥座敷に誘《いざな》われた。

茶を喫《きっ》しながら半時待たされた。汚れた僧衣から異臭がし、茶を運んだ蔵役人が顔を背《そむ》けた。この侍とは顔見知りだった。

「お変わりになられましたな」

作法通り、膝でにじり寄って茶を出した初老の侍が声をかけた。

「変わってはおらぬ」

何年ぶりかに口に含んだ茶の香りが、頭の芯を麻痺させるほど心地よかった。

「服部玄蕃殿は、殿のお覚えがめでたいそうな」

と、探りを入れる。

「さよう。玄蕃殿の下で働く我らも鼻が高い」

そう、初老の侍は言ったが、言葉とは裏腹に目が暗く沈んでいた。

玄蕃がやって来ると、「では」と言って座敷を出たその侍は、すれ違う際、玄蕃に会釈さえしなかった。

型通りの挨拶を交わした。猫背の玄蕃は、うずくまった狸のような容貌である。時折頑固そうな目つきで、定之介を見た。

「藩の窮状を知っておろう。我らも禄《ろく》の半分を藩に差し戻して堪《こら》えている。大地震で困窮しているところに、富士山まで噴火した。思ってもみなかった災厄《さいやく》だ」

定之介が銀の無心に来たのを見抜いたような口ぶりでまくしたてると、一気に茶を飲んだ。

「上等の茶を飲む余裕がまだある。羨ましいことだ」

「上等の茶、これが、か?」

定之介をまじまじと見た玄蕃が、「茶菓子も出せぬし、この茶とて、屑のような茶葉だ」と言い捨てた。定之介が小指の欠けた手で、玄蕃を小馬鹿にしたように顎を撫でた。

「用件を言おう」

定之介の抜けた前歯から唾が飛んだ。

「金五十両ほど用立てて欲しい」

「五十両?」

一瞬、玄蕃の顔が険《けわ》しくなった。

「無体《むたい》な」

「何に使うか、訊かないのか」

「使い道を聞いたからとて、ない袖は振られぬ」

拳を握った玄蕃が立とうとするのを、定之介が止めた。

「金がない？　おぬしら侍は、こうして飢えることなく暮らしている。禄《ろく》を、さらに半分に減らせば良い」

定之介の尖《とが》った顎がわなないた。笑っているようだった。

「藩を脱けた者が無礼なことを言うものだ。我らの苦しさが、おぬしごときに分かってたまるか」

憤然とした玄蕃に、定之介が「是が非でも五十両貰い受ける」と、腹の底に響くような声で繰り返した。

「おぬしにくれてやる金などない」

「ならば、殿に、おぬしの過失を訴える。無実の侍を、わしに殺させた」

端座した玄蕃の握り拳が膝の上で震えた。しばらく定之介を睨んでいたが、消え入るような声で「殿は、ご存知だ」とつぶやいた。

「なに」

と、定之介が驚く。

「殿に、わが罪障を告白し、腹を切ろうとした。その命を、殿に拾っていただいた」

定之介は、上意討ちした上杉文之助や、涙ながらに文之助の無実を訴えて自刃《じじん》した若衆や、恨みごとを述べて自害した文之助の妻、さらには、己が殺したのも同然の三人の我が子を思った。

以前と変わらぬ生活を送っていて、殿に命を拾われただと……。

湧き上がってくる怒りを腹に呑み込み、「それで、のうのうと留守居役か」と、皮肉を言った。

うつむいた玄蕃がうめいた。

「おぬしは出家して、罪を償っている。拙者は、わが命を殿に捧げ、生き恥をさらしている」

「生き恥だと言うのか」

「家中の侍はみな、拙者の過失を知っている。誰が漏らしたのか、江戸藩邸では拙者を仇《あだ》とねらう者もいた。それを慮《おもんぱか》った殿が、拙者に蔵屋敷勤めを命じられた」

顔をあげた玄蕃の喉が動いた。唾を呑み込み、眼に隈《くま》のできた顔がゆがんだ。

「おぬしが、いつかあらわれると思っていた。拙者を嘲弄《ちょうろう》しに……」

ずんぐりした撫肩《なでがた》が、荒い息をするごとに波打った。

「五十両、何に使う?」

「地震で命をながらえた子どもたちの食《く》い扶持《ぶち》だ」

定之介は、寿貞尼との生活を、かいつまんで話した。

「おぬしらしい。おぬしは、金を私《わたくし》するような男ではない」

「買いかぶられたものだ」

冷めた茶を、まずそうに啜《すす》った玄蕃が「なぜ、出家した」と尋ねた。

「侍が嫌になった」

玄蕃が悄然《しょうぜん》となった。猫背をさらに丸くして押し黙った。そのまましばらく口を開かなかったが、意を決したように突然顔を上げた。

「金は工面《くめん》しよう。大金ゆえ直ぐには集められぬ。明日暮れ六つに取りに来い」

「武士に二言はないな」

そう念をおす定之介に、玄蕃が小柄《こづか》で脇差の刃を叩いて金打《きんちょう》した。


翌日、定之介は、又八と二人で蔵屋敷に出向いた。なかに入るのを嫌がる又八に菰包《こもづつ》みを預け、定之介が単身で乗り込んだ。菰のなかには護身用の脇差が入っていた。

玄蕃が屋敷内で自分を殺すつもりなら、脇差一本など役に立たないと、無腰になったのだ。

穏やかな表情で定之介を迎えた玄蕃は、約束通り五十両を用意していた。

「今、拙者にできるのは、金を用立てることぐらいだ」

「ありがたい」

喜ぶ寿貞尼の顔が目蓋に浮かんだ。昨日、定之介に茶を出した初老の侍と玄蕃に、門まで見送られた。

別れ際に、夜道を危ぶんだ侍が藤堂家の蔦紋《つたもん》（藤堂蔦）の入った提灯を手渡した。零《こぼ》れるような笑みを浮かべた玄蕃が、深々と一礼した。

蔵屋敷を出た。驚喜する又八に小判を持たせ、菰包みを左手に持って堀川沿いを歩く。桜花の季節が終わり、夜目《やめ》にも土手の柳が青々と美しかった。

提灯を持った又八が、鼻歌まじりに定之介の足元を照らした。歩きながら、どうやってこの金を捲き上げようかと、思案していた。

その二人を、物陰からあらわれた覆面姿の侍四人が襲った。予期していたのか、定之介は、落ち着いて脇差しを抜いた。

「金が惜しくなったのか。おぬしら十露盤侍《そろばんざむらい》に、人は斬れん。帰れ」

一人の侍が覆面を脱いだ。さっき提灯を手渡した初老の侍だった。

「家紋入りの提灯を目印にしたのか。早々に帰邸して玄蕃に、『見損なった』と伝えよ」

間合いを取りながら、この侍は凄まじい殺気を放つ。怖《お》じ気《け》づいた又八は提灯を捨て、定之介の背に隠れた。膝が砕けたように震えていた。

「玄蕃殿は、さきほど腹をかっさばいたわ」

「なに」

「あの讒訴の責任を取ったのだろう。意外だったが」

定之介には思い当たることがあった。

あの別れ際の穏やかな微笑は、死を覚悟していたからなのか……。

「義のためには、拙者も命を惜しまぬ」

顔をさらした初老の侍が怒鳴った。他の侍も覆面を脱いだ。

「義だと？」

「その五十両は、藩の良民が災害に耐え、命を摩《す》り減らして収穫した年貢米を売った金だ。それを、むざむざ渡すわけにはまいらぬ」

侍たちは必死の形相《ぎょうそう》で、刀を構えた。

蔵屋敷に勤務する藩士は十露盤侍と揶揄《やゆ》されてはいたが、剣術には疎《うと》くとも、一斉に斬り掛かられては勝ち目がない。定之介は、震えている又八を背にかばいながら逃げた。

追いすがる侍たちの荒い息づかいが背後から聞こえる。闇夜なら逃げおおせようが、今夜は半《はん》月《げつ》である。時々振り向いて、脇差しで威嚇するが、興奮した侍たちは闇雲に刀を振り下ろした。

斬りたくはなかったが、定之介が一人の肩を斬った。骨の割れる感触が手に伝わった。

また、人を斬った……。

定之介は、とどめを刺した上杉文之助の血まみれの顔を思いだした。

もう殺したくない。

「又八、逃げろ」

そう叫んだ定之介は、脇差しを捨てて、素手で侍たちに立ち向かった。腰の抜けた又八に、刀を振りかざした二人が襲い掛かった。定之介が又八に覆いかぶさる。

右肩に痛みが走った。咄嗟に相手の刃《やいば》を握った手が緩み、ちぎれた指が飛んだ。左腕も斬られた。刺された脇腹から、胃液と血が滴った。

「辻斬りや、辻斬りや」

という声が聞こえた。こちらに向かって、たくさんの提灯が駆けてくる。

泡を食った侍たちが、負傷者を抱えて逃げだした。

「旦那」

又八が泣きながら、定之介を助け起こした。

「しっかりしなせえ。なんてこった」

父親が刑死してから、又八はただ自分のことだけを考えて生きてきた。父を裏切った己と向き合うことなく、人は利害で何でもするものだ、と思い込んできた。だから、底なし沼にはまったように、己を奈落に引き込む欲望から逃れることができなかった。人はみな、そういうものだと思い込んでいたのだ。

旦那は、身を投げだして俺を救ってくれた。なぜだ?

二人のもとに、尻からげした屈強な男たちが駆けつけてきた。棒を持った若者が、逃げた侍を追おうとするのを、丈の短い継ぎはぎ衣を着た僧が止めた。元鉄《がんてつ》だった。

最近、追剝《おいはぎ》や人さらいが横行するようになったので、行き場を失った女や子どもが被害にあわないよう、夜な夜な町を歩いて警戒していたのだ。

定之介がうめいた。

「たのむ、又八。この金を……みなのもとに届けてくれ」

「情けねえ、旦那。傷は浅い。一緒に帰りやしょう」

肩から吹き出した血の飛沫が又八にかかった。虫の息の定之介が、「必ず食い物を……、たのむ」と言いざま、血反吐《ちへど》を吐いた。

又八の心を縛り付けていた鎖が、プツンと切れた。

「冗談じゃねえ。なんで、俺みたいな糞野郎を、命がけで助けたんだ。俺は、この金を博打に使おうと思っていたんですぜ、旦那」

又八が、しゃくりあげながら定之介の顔に頰ずりした。二人の顔が、定之介の血で赤く染まった。

「命の炎が消えて……やっと成仏できる。寿貞尼に……」

渡海船のなかでは自分の生命の強さを嘆いたが、どうしようもなかった。観音があらわれるどころか、あらわれたのは、是が非でも生きたいともがく己の性《さが》だった。

しかし、やっと成仏して、子どもたちと会える。

すがりついた定之介の血だらけの手を、又八が握り返した。

「わかりましたぜ、旦那。届けます、必ず」

体中の血が抜け、長く言葉を発することはできなかったが、定之介は、こう言いたかった。

この五十両は、玄蕃と俺の命、いや、それだけではない、俺が誤って命を奪った者たちの命、それに、俺が見殺しにした我が子どもたちの命だ。俺の命は尽きる。命の炎が燃え尽きて、やっと仏になれる。又八、俺の最期をありのままに寿貞尼に伝えてくれ。

定之介の顎が引《ひ》き攣《つ》った。笑っているようだった。元鉄が「しっかりしろ」と、裂いた手拭で傷口を縛ろうとしたが、傷口が深すぎて手の施しようがなかった。

「侍として……、たのむ」

頷いた元鉄に助けられて正座した定之介は、腹に脇差しを突き立てた。そして抜いた刃を首に当て横一文字に引いた。見事な切腹だった。

元鉄の念仏を聞きながら、「犬」と蔑《さげす》まれた定之介は息絶えた。

又八が「届けます、必ず」と、切腹した定之介の耳元で怒鳴った。遺骸の背を撫でながら、しばらく動けなかった。経を唱え終わった元鉄が、又八の肩に手を置いた。又八は、定之介が斬られた顚末《てんまつ》を、元鉄に話した。

いずれ、定之介の遺骸は町奉行所の同心に引き渡される。番所で事情を訴えても、津藩の侍の犯行では、大坂町奉行所の手におえる事件ではない。

又八は、切腹した定之介の前で、すべてを話したかった。元鉄にではなく、まだ中有《ちゅうう》に漂っているかもしれない定之介の霊に聞いてもらいたかった。

父親を裏切ったことや、妹を女郎に売ったこと、大地震の際、自分を殺そうとした男を逆に殺《あや》めたこと、この五十両を騙し取ろうとしたことなど、今まで隠してきた罪業《ざいごう》を洗いざらい白状した。

懺悔が、自分を生まれ変わらせてくれるような気がした。涙が止まらなかった。自分をかばって死んだ定之介のために、又八は、ただ真っ白な砂のようになりたかった。

「この御仁は、立派な侍だ。腹を切る前に、我欲を離れて、すでに仏になっておられた。人はもともと仏じゃ。そして、このお侍の仏が、お前のなかの仏を引き出したのじゃろう」

元鉄が懐から鉄刀木《たがやさん》の数珠を出して合掌した。


寿貞尼は、遺骨と五十両を持って那智の浜に戻った又八から、定之介の死を聞いた。涙は出なかった。ただ、乞食に落魄《おちぶ》れた夫の心底《しんてい》を、自分が今まで理解しなかったことを悔いた。

「命の炎が消えて成仏できると申したのですね」

「へい。穏やかな、仏様のような顔で、そうおっしゃったんで」

「そうですか……。夫は、ずっとそれを願っていたのでしょう」

門兵衛、太郎八、三之介。父上が参りましたよ。

早世した子どもたちに、そう呼びかけた。

「その、おうかがいしたいことが……」

穏やかな顔が、又八に向いた。

「俺みてえな人でなしでも、成仏とやらができるもんでやしょうか?」

兎のような怯《おび》えた眼をした又八が、おずおずと尋ねた。元鉄は「懺悔は罪を滅す」と言っていたが、又八は自分の罪障に慄《おのの》いていた。

「善行を積んで、一心に念仏を唱えれば、極楽に行けます」

「定之介様の代わりになれねえことは分かっておりやす。寿貞尼様のお傍《そば》で、今までの罪滅ぼしをさせてくだせい」

又八が、畳に額を擦《こす》りつけた。

「地震と津波で身寄りを失った子どもたちの世話を焼くのは大変ですよ」

「そこを是非とも」

那智に戻った又八を出迎えたお雅《まさ》の真剣な眼差しが忘れられなかった。元鉄に連れられて訪れた四天王寺に、変わり果てた嘉六《かろく》がいた。嘉六が死んだと思い込んでいるお雅に、大坂で嘉六と会ったことも伝えた。

お雅は驚喜した。一刻も早く会いたそうだった。

「妹さんも、又八さんと一緒に暮らすことを望んでいるのですか」

「へえ。そりゃ、もう」

これまで、兄らしいことをしてやれなかったお雅にも、精一杯尽くしてやらなければ。又八は、親父が生きていたころに戻ろうと思った。

数珠を爪繰《つまぐ》った寿貞尼が、「では、お願いしましょう」と頷いた。

渡海　その三

十章　再会

那智の浜の賭場で、金子《きんす》五十両の顚末を、あらかた話した又八が、胴元と若い壺振りに「面白かったか」と訊いた。

「わしは、『犬』、いや、もうあのお方を『犬』とは呼ばねえ。定之介《じょうのすけ》様と、お呼びすることにするが、定之介様の御遺言通り、大枚五十両の金子を寿貞尼《じゅていに》様に、無事に届けたのじゃ」

「おめえが、か」

胴元がにやついた。その胴元に、「わしは糞みてえな男じゃが、やるときにはやるんだ」と、又八が、酔って血走った目を向ける。

「それからしばらく経って、寿貞尼様から金五両を預かって、食い物を買い付けるよう命じられた。生まれてこのかた、そんな大金で買い物などしたことはなかったから、気がかりでしょうがねえ。一つにまとめて持っていたら危なかろうと、二両を巾着《きんちゃく》に入れて、褌《ふんどし》に巻き付けた。残りの三両は、当座用に懐に入れたんじゃや。」

「それじゃあ、金玉に小判が当たって、痛かろうて」

壺振りが茶化した。又八は蝿でも払うように手を振り、「それでも心配でな」と繰り返した。

「食い物なんぞは、桑名か名古屋に出れば何とかなると、そのときには、たかを括《くく》っておったのじゃが」

胴元が「俺なら博打で、五両を十両にも、十五両にもしてみせるぜ」と気炎を吐いた。

又八が苦笑する。

「桑名どころか、名古屋に出ても、余分な食い物はねえ。あったとしても、法外な値をふっかけてきやがる。地震や津波のせいで、てめえの食い物さえ手に入らないのに、そんな余裕はねえと、どこでも断られた」

「で、どうした?」

「食い物を探して、あちこちほっつき歩いた。今考えると、それがまずかったようじゃ。大金を手にした、足の悪い乞食男がうろついている。おめえらなら、どうする?」

「殴るか、刺すかして、銀《かね》を奪うぜ」

と言って、胴元が笑った。

「そう、なっちまった。殴られただけで済んだのが幸いだったのかもしれねえが」

「無一文か」

「いや。褌に巻き付けた巾着は無事じゃった。金玉の脇に吊した小判二枚は手元に残ったというわけじゃ」

「二両も残れば、上等だ」

と、壺振りが賽子《さいころ》を弄《もてあそ》びながら言った。又八が唾を呑む。あのときの、癒《い》やされることのない喉の渇きを思い出したのだ。

「定之介《じょうのすけ》様の命をかけた小判を三両もなくしてしもうたと、わしはえらく落ち込んだ」

「分からねえでもねえな。三両といやあ、人一人が一年暮らせる大金だ」

「何とか、三両取り戻したい。わしにできることといったら、これしかありゃしねえ」

又八が壺を振る真似をした。

「で、稼いだんか」

胴元が、又八を睨みつけた。脇を向いた又八が「残った二両もすっちまった」とつぶやいた。

壺振りと胴元が、「阿呆め」と、腹を抱えて大笑いした。

「それからは、面目なくて寿貞尼様に合わせる顔がねえ。あのお方が生きている間は、那智の浜に戻って来られなくなった。お亡くなりになったと噂に聞いて浜に戻ってからも、賭場を渡り歩いて、その日暮らしじゃ。まっとうな人間になろうとしたことが間違っていたのかもしれねえ」

又八がため息をつく。腐った貝のような悪臭がした。

「そういうことじゃ。はなから五十両くすねて逃げればよかったんでえ。そのほうが、よっぽど、おめえらしいや。与太者は与太者らしく、仏心など出さぬにかぎるて」

「そうかもしれねえ」

又八が濁酒《どぶろく》を飲む。喉仏が上下に動いた。

「じゃが、わしにも、たとえ一瞬でも真人間になろうとしたことがあった。そいつを忘れたくはねえ」

「閻魔さんの前で、言い訳でもするつもりかい」

「いや、言い訳するとしたら、空翔《くうしょう》の身代わりになって渡海船に乗った嘉六《かろく》という阿呆にじゃ」

「おめえの妹のこれだろう」

親指を立てた胴元に、又八が頷いた。

「大坂で嘉六に会ったことは、さっき話したとおりじゃ。あの男、乞食のようななりをして、潮風で喉をやられたのか、話すこともろくにできやしねえ。その上、何と言うか、わしには気が違ったとしか思えなかった。二言目には『観音』とか、『謝りたい』とか、何を言っているのか、わけが分からねえ。

もとはと言えば、わしが空翔の身代わりを頼んだせいで気がふれたんじゃろうが、あの男は、正気のころから、自分の作り上げた世界に、ひたすら閉じこもっているように見えた。わしが身代わりを頼まなくても、てめえで理屈をつけて、死んじまったにちげえねえ。

お雅《まさ》は、わしの話を聞いて泣き笑いじゃ。嘉六が生きていたのが、よっぽど嬉しかったんじゃろうが、気がふれているかもしれんと聞いて、泣きだした。わしが食い物探しに出たのと同じ日に、嘉六に会うと言って、一人で大坂に出立してしもうた。そのときは、またお雅と直ぐに会えると思うていたんじゃが……」

又八の声が、聞き取れないほど、か細くなった。

「どうしたんでえ」

「あのときが、妹の見納めになった。どうしているのやら……」

又八の目に涙が滲《にじ》んだ。


大坂で元鉄《がんてつ》と出会った嘉六は、大地震、富士山噴火の起きた宝永四年の翌年から、彼のもとで暮らしている。

一時、身を寄せていた四天王寺の宿坊を引き払った元鉄は、四天王寺境内に建てた、孤児を収容するお救い小屋に移り住んだ。

嘉六は頭を剃り、一日中、元鉄と一緒に托鉢《たくはつ》をする。托鉢と言っても、一握りの雑穀さえ寄進されない日が続くこともある。元鉄は、そんなことに頓着なく、嘉六を、ただひたすら歩かせる。

「歩け。道を踏み違えるな。死んだ者、生き残った者のためだと思って、ただ一心に歩け。考えずに体を痛めつけろ。そうすれば、仏が顔を見せる」

「観音様、会えるんか?」

「ああ。観音様はお前のなかにいらっしゃる。人と仏とは一体じゃ。一心不乱になれば、お前のなかの観音様が顔を出す」

そう、叱咤する。潮に爛《ただ》れた嘉六の喉も、そんな生活をしているうち、回復しつつある。嘉六は、毎日足の手入れをする。特に爪を念入りに切る。少しでも伸びていると、爪が剝《は》がれることがある。わずかな休憩時間に、そんなことをしていると、ふとおっ母《かあ》を思い出す。

以前は、記憶が鉈《なた》のようになって嘉六を苦しめたが、ひたすら歩くだけの生活をしていると、記憶の痛みが少しは薄らいだようだ。

死に際のおっ母は微笑んでいたなあ。死ぬのが嬉しかったんだろうか。


「もういい、頼んだよ」

あのとき、おっ母はそう言った。

そして、袋を握った手を突きだした。皺だらけの手には、数珠のように紐が巻き付けられていた。じょうぶな麻紐だった。

嘉六は、便を排泄することさえできないおっ母を、もうこれ以上苦しめたくなかったので、その紐を受け取った。

おっ母が「ありがとう」と言って頷いた。その日は具合が良かった。前日の夜は、錯乱したおっ母から、狷介《けんかい》な目つきで「お前、米を隠しただろ」と悪態をつかれたのだが。

「これ」

紐と一緒に手渡された袋に嘉六が手を差し込むと、硬いものに触れた。なかに二寸ほどの、手垢で黒くなった木切れが入っていた。取り出してよく見ると、赤子のような顔が彫られていた。

「地蔵かい」

頷いたおっ母が木切れを撫で、裏を見せた。「きちべえ」と書かれていた。

「吉兵衛?」

おっ母が、顎をしゃくったので、口元に耳を寄せた。

「お前の弟だよ」

「弟?」

おっ母の眦《まなじり》から一筋の涙が流れた。その涙を、嘉六は指先でぬぐった。

生まれてすぐに間引くことになった弟、嘉六は名さえ付けられなかったと思っていたが、その名を、おっ母は密かに付けていたのだ。いつの間に彫ったのか、手製の地蔵を肌身離さず持って、弟を供養していた。このことは、誰も知らなかった。

「観音様に会《お》うて、お詫びがしたかった。嘉六、頼んだよ。かわりにお詫びしておくれ……約束だよ」

「分かった。約束する」

おっ母は合掌し、十念《じゅうねん》を唱えた。

嘉六は、渡された紐を、おっ母の首に幾重にも巻いた。血の筋を絞るように、その紐をきつく引いた。おっ母は、じっとしていた。嘉六は、次第に血色の消えていくおっ母の顔を見つめていた。

涙は出なかった。おっ母が望んだように、安らかな死を与えたい。ただそれだけを祈った。掌が動かなくなった。嘉六は、おっ母の好きだった九年母《くねんぼ》を、枕元に置いた。

「おっ母、嘉六だよ。おらだよ」

嘉六が、大声をあげた。できることなら、おっ母の魂を呼び戻したかった。おっ母が望んだことはいえ、手に掛けてしまったことを謝りたかった。

おっ母のために、もっといろんなことができたかもしれない。ああすれば良かった、こうすれば良かった、そういう取り留めもない後悔と悲しみで、身が裂かれるようだった。

あの時、おっ母から手渡された地蔵の入った袋を肌身離さず、嘉六は、ひたすら歩き続ける。死に際のおっ母が望んだように、観音様にお詫びするため、毎日歩き続ける。

そのころ、嘉六と会おうと決心したお雅は、那智で又八と別れたあと、新宮に出て船で大坂に上《のぼ》った。

まず、又八から聞いた四天王寺境内に建てられたお救い小屋に住む元鉄を訪ねることにした。倒壊した家屋の廃材で作った粗末な小屋が二棟あり、身寄りのない二、三十人ほどの子どもたちが暮らしていた。那智で寿貞尼の営む施し小屋と同じだと心を打たれた。

元鉄は托鉢に出掛けたと聞いて、お雅はその小屋で待つことにした。

三歳ぐらいの女の子が、お雅の膝ににじりよってきた。

「お母ちゃん」

と言って、抱っこをせがまれた。年上の子が「違うで」と、女の子の手を引いた。

「堪忍や。おばちゃんぐらいの年の人見ると、みなお母ちゃんに見えてしまうねん」

お雅が女の子を抱き上げげた。首に巻き付いた細い腕がひんやりとした。

「お母ちゃん。お母ちゃん」

女の子は、そう繰り返してお雅に頬ずりをした。子どもの柔らかい肌が頼りなかった。それを見ていた子どもたちも、抱っこをせがんだ。お雅は、一人一人を抱きしめた。

夕暮れ時に元鉄が帰ってきた。子どもたちの中心にいるお雅を見て、怪訝《けげん》な顔をした。

元鉄の後ろには、牛蒡《ごぼう》のように痩せた男が立っていた。嘉六である。その男を見ても、お雅には嘉六だと分からなかった。僧衣を着ていたせいもあるが、二度の渡海で面変《おもが》わりしていたのだ。嘉六が「お雅」と叫んだ。まだ喉が完治していなかったので「ウモウサ」と聞こえた。異様な男が自分に迫ってくる。恐怖を覚えたお雅は、かばうように子どもたちを抱きしめた。

「知り合いか?」

元鉄が嘉六に尋ねた。頷いた嘉六を、お雅がまじまじと見た。細面《ほそおもて》に、日照りにあった土のような皺が刻まれ、悲しげな眼が、人食い犬のような狂った光りを宿していた。

お雅が恋い慕っていた、艶《つや》やかな肌の嘉六とは似ても似つかぬ容貌だったが、よく見ると、眉《み》間《けん》に黒子《ほくろ》があった。嘉六に抱かれる時、眉間の黒子を、お雅は舌先で舐《ねぶ》ったものだ。

「嘉六」

お雅は悲鳴のような叫び声をあげると、嘉六の胸に飛び込んだ。泣きながら、その胸を拳で何度も叩いた。

嘉六も、おずおずとお雅の背を撫でた。

「ほう。おぬしは、又八の言っておった妹子《いもうとご》か」

元鉄が、顎髭を撫で、嬉しげに笑った。餓鬼道に堕ちた嘉六を救う、良い人があらわれたと思ったのだ。

「那智の浜におると聞いていたが、はるばると、よう来たものじゃ。又八は、あの小判を届けたか?」

お雅が頷いた。訊きたいことが有り過ぎて、言葉が出なかった。

「嘉六は修行中じゃ。わしと一緒に、大坂中を托鉢しておる。補陀落渡海《ふだらくとかい》を二度したと聞いたが、観音浄土にはたどりつかなかった。拙僧と歩いていれば、いつか観音様とお会いできるはずじゃ」

嘉六が「うううっ」と唸った。

「観音様と？」

と、お雅が訊き返した。

「海で何があったか知らないが、観音様は、海の彼方ではなく、嘉六のなかにいらっしゃる。拙僧は、子どものころの嘉六を、よく知っておってな。心根の優しい子であった」

「元鉄様は、飛鳥寺のお坊様だとうかがいましたが」

「そう、貧乏寺の坊主じゃよ。飛鳥は山並みの穏やかな美しい村じゃ。いつか、嘉六を故郷に連れ戻したいと思うておる」

突然、嘉六が怯《おび》えたように「おらう、いやであ」と大声を出した。

「いやか、心配するな。今すぐにではない。おぬしが観音様に会《お》うてからじゃ。お雅さんに、頼みがある」

元鉄が、鉄刀木《たがやさん》の数珠を爪繰《つまぐ》った。

「嘉六が観音様に会う手助けをして欲しい」

「どうすればよいのですか」

お雅が二重瞼の眼を寄せて、中高《なかだか》の鼻を掻いた。「観音様」と言われたので少し苛立っていた。嘉六さんは、観音様のために、こんな目にあったのに、まだ苦労するのかしら。

「嘉六と一緒に暮らして欲しい」

「はあ？　それだけですか」

「嘉六には、人の温もりが必要なのじゃ。渡海せずとも、嘉六のなかの観音様が必ず姿をあらわす。人には仏性《ぶっしょう》があるのじゃ」

「ここで、嘉六さんと一緒に、この子たちの世話をすればよいのですね」

野武士のような元鉄の顔が、「そのとおりじゃ」とほころんだ。嘉六は二人の会話に関心を示さず、母親に渡された袋から地蔵を取り出して撫でている。

「嘉六が弄《もてあそ》んでいる木像は、よほど大切なもののようじゃ。肌に触れるところに置かないと不安になるらしい」

お雅は、中身を見たことはなかったが、那智の浜でも、嘉六が同じ袋を大切にしていたことを思いだした。

「私の知っている嘉六さんと顔つきは違ってしまいましたが、心は変わっていないはず。嘉六さんが昔に戻ってくれるのなら、喜んでお手伝いいたします」

「おばちゃん、ここで暮らさはるぞ」

年かさの子が叫ぶと、お雅にまとわりついていた子どもたちが歓声をあげた。

四天王寺境内のお救い小屋で、嘉六と一緒に暮らすようになったお雅は、かいがいしく働いた。まだ暗いうちに起きて、子どもたちのために粥を炊いた。雑穀を買う銀《かね》は、大坂の商人たちが寄進してくれた。

朝飯を食い終わると、元鉄と嘉六は托鉢に出た。喜捨《きしゃ》されるお布施はわずかだったが、お雅には、日一日と、嘉六が人らしさを取り戻していくのが分かった。相変わらず、枯れ木のように痩せ細っていたが。

一度、元鉄に「托鉢をしばらくやめて、嘉六さんを休ませてください」と頼んだことがあった。

「拙僧が休めと言っても、嘉六が言うことを聞かん」

と笑われた。

嘉六の肉体は、今にも崩れそうだった。が、潰《つぶ》れた喉は回復していた。言葉が思うように出ないのを、訝《いぶか》るような素振りをしながら、ともかく自分の意思を伝えられるようになった。

夏の日差しが強くなったので、二人は網代笠《あじろがさ》をかぶって托鉢に出た。この日は特に暑く、元鉄が音《ね》を上げた。木陰に二人は腰を下ろした。

元鉄が、竹筒《ささえ》に詰めた水を口にした。生温かかったが、竹の香がして、生き返るような気がした。嘉六にも勧めた。美味《うま》そうに水を啜《すす》っている嘉六に声をかけた。

「体が疲れるほどに、心は強くなる」

嘉六が頷いた。この季節には、よく田圃で泥鰌《どじょう》を掬《すく》って、おっ母に食わせていた。体はくたくたになったが、心は弾《はず》むようだった。

「泥鰌、おっ母に食わせた」

「おう。はや、泥鰌の季節となったのう」

元鉄は僧だったが、村の田圃で獲《と》れる泥鰌や田螺《たにし》が好物だった。

「村の煮売屋で焼いていた泥鰌の蒲焼きは、じつに美味かった。お前の親父も、よく酒の肴にしていた」

嘉六は、元鉄から顔を背けてうつむいた。足元が崩れていくような感覚に襲われて、嘉六は獣のような唸り声をあげた。

「どうした?」

驚いた元鉄が訊いた。

「あの時、死んだ」

「あの時?」

「おっ母が死んだ時だ」

元鉄が、押し黙った。

「お前が、母親を殺したのか?」

「おっ母から、頼まれた」

「父親も殺したのか?」

喉の潰れた乞食同然の嘉六に、前に訊いたことを、もう一度尋ねた。

「分からない」


あの時、嘉六は、弟の名を書いた木像の入った袋をおっ母から渡された。おっ母の魂を呼び戻したくて、何度も叫んだ。

気がつくと、泥酔した親父が仁王立ちしていた。親父は、おっ母の喉に食い込んだ紐を見つけて、「おめえ」と悲しげな声をあげた。

すでに息の絶えていたおっ母に向かって、「嘉六を科人《とがにん》にしたいのか」と罵りながら、首からはずした紐を竈《かまど》の焚《た》きつけ口に放り込み、「逃げろ」と怒鳴った。

嘉六が手にしていた袋に気づき、その袋をも奪った。なかに銀《かね》でも入っていると思ったのかもしれなかった。

嘉六は、その腕に飛びついて、袋を奪い返した。

「阿呆。おっ母のことは忘れてしまえ。病いで死んだのだ」

嘉六と揉み合っているうち、親父が仰向けに倒れた。突然、正気を失ったように手足が硬直し、顔が痙攣《けいれん》した。激しい頭痛がするのか、唸り声をあげて昏倒した。偶然だが、そこに石臼が置かれていた。

石臼で頭を割った親父を、嘉六が呆然と見下ろした。口を開けたまま、息絶えていた。

あの時、時がどのくらい経ったのか分からなかった。九年母《くねんぼ》を握りしめた嘉六は、死んでもいいと思った。身心が疲れ果てて、しばらく気を失っていたようだ。

嘉六には、この日に両親を失うことが前世の因縁のような、抗いがたい宿命と思われた。薄氷の上を歩くような不安を覚えながら、掌が汗ばむほど、九年母を握りしめていた。

父親が死んだのは自分のせいかどうかは分からなかった。が、しばらく気を失って覚醒《かくせい》したとき、観音様に会うまでは死ねないと思った。その記憶にすがって、嘉六は生きてきた。

「観音様に会って、謝りたい」

嘉六は、数珠を爪繰《つまぐ》っている元鉄に、いつもの言葉を繰り返した。

十一章　復帰

室戸の最御崎寺《ほつみさきじ》に仮住まいしていた空翔《くうしょう》は、津波に流されたお種を、一人で探し続けていた。大地震から、すでに半年以上が経っていた。

最御崎寺の僧たちと一緒に朝の勤行《ごんぎょう》をすませてから、半時ほど歩いて海岸に出た。山が海に迫っているので、漁民の住む集落は狭い浜に集中していた。そこから、さらに半時ほど歩くと、奇岩のそそりたつ荒磯《あらいそ》が続いた。

初夏の海風が心地よかった。津波が嘘だったかのように、穏やかな海が広がっていた。

空翔は、磯でお種の遺体を探した。今では、見つかる見込みはほとんどなかった。それを承知で、毎朝、海岸に出かけた。

左手に持った先の尖《とが》った棒で、砂地を突く。棒に軽く当てている不自由な右手に、異様な感触が伝われば、そこに腐乱した遺体があるはずだった。最近では、その作業も滞り、岩に腰を下ろして海を眺めることが多くなった。女人禁制の最御崎寺に住むようになってからは、女とは無縁になった。

波音を聴きながら、空翔は物思いに耽《ふけ》った。

放蕩息子で右手の効かない俺は、親父から観音浄土寺に捨てられたようなものだ。寺に捨てられても、放蕩のやまない破戒坊主。博打もやれば、女も買った。

嘉六《かろく》を、俺に紹介した又八という与太者がいたが、あいつと話していると、まるで俺が自分自身と話しているような気になった。多分、あいつも俺が自分と似ていると感じたにちがいない。

酒好き、女好き、博打好き。その上、臆病で、嘘つきで、卑怯者。俺があいつを嫌うのは、俺自身のそういうところを、又八に見てしまうからだろう。又八も、多分そうだったんじゃないだろうか。あの眼つきは、俺と同じだ。あいつは極悪人だと、互いに思って侮蔑しあっていたのだから世話はない。

地獄に堕ちても不思議ではない俺がこうして生き残って、人の汚《けが》れを知らないお種が死んでしまった。なぜだ？

嘉六は、渡海して観音に会いたいと言っていたが、海の向こうに、補陀落山《ふだらくせん》などあるはずがない。俺は、観音と会いたくもないから、四六時中そのことばかり願っているあの男とは違う。

あいつ、俺の身代わりとなって渡海船に乗った時、食い物が無くなったら、板壁に盆の送り火のような光が射すのが見えたと言っていた。飢えで朦朧となって幻でも見たにちがいないと、そのときは思ったが、嘉六には、本当に光が見えたのかもしれない。

一心不乱に思いを込めれば、まともな頭では起こりようのないことが起こったと錯覚してしまう。しかし、疑り深い俺には、嘉六と一緒に渡海船に乗っていたとしても、光など見えなかっただろう。

あの阿呆、観音に会って謝りたいと繰り返していた。俺なら、会えたとしても恨みごとを言う。なぜ、お種を殺した。お前には慈悲の心がないのか。罪のない者が、なぜ死なねばならないのだ。悪行《あくぎょう》を積んだ俺のほうが生きる価値はないのに……。

涼しい潮風と、寄せては引く規則正しい波の音が、心身ともに疲労している空翔を眠りに誘《いざな》った。岩場に横になり、しばらくまどろんだ。心中の苦しみが悪夢となって、眠りを妨げた。空翔は、自分のうめき声で目が覚めた。

目を擦《こす》ると、そこに女人がいた。一瞬、お種の死んだ母親かと思った。驚いて目を凝《こ》らすと、男かもしれなかった。長く美しい衣をまとったその人は、微笑《みしょう》を浮かべながら、後ろを振り返って、細く長い指を海に向けた。

空翔が立ち上がって海を見た。陽に照らされた水平線が、水晶のように輝いていた。一瞬見とれて、視線を戻すと、その人は消えていた。

空翔は慄然《りつぜん》とした。終日、山道を歩いたときのように、膝が震えた。しばらく、自分に何が起きたのか分からなかった。

あのお方は観音様か？　観音様なのか。

夏の日差しのなかで寝たので、体が熱くなって幻覚を見たのかとも思った。しかし、あの微笑が脳裏に刻まれていた。確実に、あの方はここにいらっしゃった。そう確信した。

空翔は寺に戻り、岩屋に安置されている、大理石作りの如意輪観世音菩薩像《にょいりんかんぜおんぼさつぞう》の前に立った。空海が唐から持ち帰った石像だと言い伝えられていた。その前に額《ぬか》ずき、合掌した。

翌日、空翔は、最御崎寺の僧に別れを告げた。昨日見た観音様は、海の彼方を指差していた。とにかく、ここを離れ、海を渡って大坂に出るつもりだった。

新宮から乗った廻船が、嵐で難破しなければ、空翔は大坂に着いていたはずである。室戸と同じように、大坂も地震と津波の被害を受けたと、人づてに聞いていたが、そこで、自分のなすべきことが見つかるような気がした。


空翔は大坂北船場《きたせんば》で育った。実家の呉服問屋が高麗橋筋《こうらいばしすじ》にあったのだが、四方を東横堀川・西横堀川・長堀川・土佐堀川に囲まれた船場も、地震と津波の被害を受けた。

震災からの復興がすすんではいたが、幼いときになじんだ光景が一変していた。瓦を持ち去られたまま放置された、倒壊した家も多かった。が、ここで働く商人たちは、持ち前の明るさで、たくましく生活しているように見えた。

空翔は、弟が家督《かとく》を継いだ実家の様子を見るつもりだった。自分を可愛がってくれた祖母にも会いたかった。父は、と言えば、たぶん放蕩息子の自分が補陀落渡海したと聞いて胸を撫で下ろしているのだろうが……。

この世から消えることが、一番の親孝行か。

そう思って、実家に顔を出すか、やめるか逡巡した。室戸での生活がなければ、たぶん父親と会う気はおこらなかっただろう。観音浄土寺にいたころには、父親から疎《うと》まれた自分にも、拗《す》ね者《もの》なりの生き方があると考えていた。

ところが、大震災で肉親を失った人々の嘆きや悲しみに接しているうち、空翔の心に、徐々に父に対する情《じょう》が芽生えてきた。以前の自分には考えられないことだったが、老い先短い父の安否が気になった。

幸い、店は残っていた。暖簾《のれん》をくぐって格子戸を開ける。手代《てだい》が「へい」と頭を下げたが、空翔だと分かると、忌々《いまいま》しいと言わんばかりに、下げた顔が横を向いた。「何や、あいつ」と腹立たしかったが、昔のように威張ってもいられない。

帳場で十露盤《そろばん》を置いていた弟が、すぐに空翔に気づいた。兄は補陀落渡海したと聞いていたので、腰を抜かさんばかりに狼狽して、父を呼んだ。

還暦を越えた父は、空翔を見ても驚いた素振りを見せなかった。しかし、内心は動揺しているはずだと思うと、能面のような父の顔がおかしかった。父は、いつも本音を顔に出さなかった。

「生きておったのか」

「わいは無事やけど、大勢死んだわ」

「渡海は?」

と訊かれて、かいつまんで今までのことを話した。が、身代わりを雇ったことは言わずに、自分の乗った渡海船が室戸に流れ着いたことにした。

「お前が観音様に会えるはずがないと思うておったわ。閻魔様なら分かるが」

と、皮肉を言われた。

「口は達者や。安心したで」

と、空翔が笑った。

「急なお越しやさかい、何もでけしまへん」

弟嫁が湯豆腐と燗酒を用意した。空翔には、豆腐はここ数か月、口にしたことがないご馳走だった。

「不《ふ》飲酒戒《おんじゅかい》があるかもしれんが、今日は少し飲むか」

と、酒好きの父が誘《さそ》い、「愛想《あいそ》のない顔や」と苦笑いした。

空翔は、物心ついたころから「愛想がない」と、父に小言を言われた。言わせてもらえれば、父のほうが空翔より、よほど不愉快な顔をしていた。あんなにひどい顔で話しかけられたら、どんな子どもだって愛敬《あいきょう》も消えるというものだ。

空翔はそう思っていたから、ますます父に無愛想になった。その無愛想な顔を見るたびに、父のほうでも腐った魚を食ったような顔をしたものだ。

父は、上手に箸をつかって豆腐を摑む。唇の薄い口で豆腐を食う姿は女のようで、普段の怖さを感じさせなかった。空翔も箸をとったが、幼時から箸がうまく使えない。昔から、豆腐は苦手だった。見かねた弟嫁が木匙を持ってきた。

酒好きの父が、ごくんと咽喉を鳴らす。手酌を嫌うので、誰かが注《つ》いでくれるまで、恨めしそうに空の盃を見つめている。空翔はわざと酌をしなかった。

「お祖母《ばば》さまは、奥に、居はるやろか」

と、空翔は弟嫁に精一杯の笑顔を作る。

「今、内蔵《うちぐら》で花を活《い》けてはります」

言葉は丁寧だが、祖母を小馬鹿にする態度を背に匂わせながら、弟嫁が答えた。

「このご時世に、花か。さすが、お祖母さまや」

空翔の祖母は、齢《よわい》八十を過ぎても、体は矍鑠《かくしゃく》としていた。しかし、空翔が僧になる以前のことだが、古稀《こき》を迎えたころから、記憶が飛んでしまうことが多くなった。

空翔は、幼時からこの祖母に可愛がられた。母が早世したので、祖母が母代わりのようなものだった。

祖母は、このところ内蔵を居間のように使っていた。夏が盛りになると、ひんやりとした蔵のなかのほうが、居心地が良い。寝苦しい夜は、常夜灯で絵草子を読み、飽きると、隅に丸めた薄《うす》縁《べり》を敷いて仮眠した。

貴重品や高価な呉服、金銀は、母屋につながった内蔵に入れる。地震で外蔵《そとぐら》に積んだ商品は被害を受けたが、内蔵は無事だった。

祖母は、背筋を張って花を活けていた。鋏の小気味良い音がする。空翔がペコリと頭を下げた。

空翔はまだ元服前で同居していると、祖母は思い込んでいる。記憶が健全だったなら、空翔を観音浄土寺に追いやることに反対しただろう。

「頭剃って、どないしはった？」

「悪所通《あくしょがよ》いが親父にばれて、髪剃られてしもうた。もう女も抱けへん」

と、空翔が調子を合わせた。半分は本当のことである。

「今日は、お祖母さまの顔を見に来た」

「酒臭い」

「今、親父と飲んでたとこや」

「そんなら、うちもご相伴にあずかりまひょか」

祖母が「よいしょ」と腰をあげる。よろけそうになったので、空翔が祖母の腕を支えようとした。袖から覗《のぞ》いた皺だらけの手首に念珠が巻かれていた。

「いつから、念珠を巻いてはる」

「いつから？　忘れたわ。いつお迎えが来てもええように、こうしてる」

祖母が子どものような笑顔を見せた。室戸のお種と同じような無垢な心を感じた。空翔は、その手を握って、涙を零《こぼ》した。

弟に、実家に泊まっていくように言われたが、父と祖母の無事を確認したので、その気にはなれなかった。空翔は、船場から御堂筋《みどうすじ》沿いに四天王寺に向かって歩くことにした。大坂の被害を見ておきたかった。四天王寺の境内には、被災者のお救い小屋があると聞いていたので、そこで雨露を凌《しの》ぐつもりだった。

お種ぐらいの年頃の女児を見ると、つい声をかけたくなる。女児の顔を、じっと見つめる空翔は、幼児に付き添った大人から、険《けわ》しい目を向けられた。親とはぐれた子どもを拐《かどわ》かす輩が跋扈《ばっこ》していたのだ。

僧衣を翻《ひるがえ》しながら足早に歩いて、四天王寺に着く。

境内で、二人の托鉢僧とすれ違った。うつむき加減に歩いている空翔を、若いほうの托鉢僧が見とがめた。

「くおうしょおう」

と呼びかけられたが、自分の名だとは気づかなかった。少し喉の具合のよくなった嘉六《かろく》が、声をかけたのだった。

元鉄《がんてつ》やお雅が、面変《おもが》わりした嘉六を見分けられなかったように、空翔にも、この僧が誰か分からなかった。

「嘉六だ」

そう言われて、しばらく絶句する。

「生きておったのか」

「助七さんが、おらを生かしてくれた」

うつむいた嘉六の袖を、元鉄が引っ張った。余計なことは言わずともいいから、この僧を紹介しろ、とせっついたようだ。互いに名乗り、合掌してから「立ち話もなんじゃ」と、元鉄に誘《いざ》なわれて、お雅のいる小屋に入った。

お雅の持って来た白湯《さゆ》を啜《すす》りながら、「観音様と会えたのか」と、空翔が嘉六に尋ねた。

「いや」

「俺は、室戸の磯で会った。美しいお姿だった」

「なぜだ。おらには、会ってもらえない」

嘉六が、うなだれた。

「室戸の最御崎寺におられたのか。わしも、四国霊場をめぐった時、訪れたことがある」

と、元鉄が口を挟んだ。

「嘉六から聞いたのだが、おぬしは、もともとは補陀落渡海で有名な……」

眉をひそめた元鉄が言いよどんだ。

「拙僧は、その観音浄土寺の住職をしておりましたが、渡海が怖《こわ》くて、逃げ出しました」

空翔が白状すると、元鉄が笑いだした。

「良きかな、良きかな。心のままに生きるのが良い」

「恥ずかしいことですが、今まで真剣に仏と向き合ったことがありませんでした。生まれ育った、ここ大坂で、向き合うべき仏を探したいと思っております。しばらく、住まわせてもらえませんか」

嘉六も「そうさせてやってください」と頭を下げた。

嘉六には、観音様と会ったという空翔の人柄が、以前と変わったように思われた。那智では、渡海船からすぐに抜け出せると嘘を言い、室戸では嘉六を殺そうとさえした。なぜ変わったのか、知りたかった。

「住んでもかまわぬが、ここには、やるべきことが山積している。おぬしにも働いてもらわねばならぬぞ。仏を忘れるほど働けば、仏が見つかる。その覚悟なら、しばらくここに住んでみるのも良いだろう」

空翔が頷き、合掌した。


一か月ほど、空翔はお雅と一緒に働いた。子どもたちの生活のために、薪を割り、わずかに米の入った雑穀の雑炊を作った。が、大人たちも含めて、食料が十分には行き渡らなかった。篤志《とくし》の商人からたまにある寄進や、元鉄と嘉六の托鉢では、食料を購《あがな》う金銭が不足していた。

空翔は、托鉢から帰った二人のために毎日湯を用意し、足を洗ってやった。観音浄土寺の住職をしていたときには、考えられない行為だった。

「お前に洗足してもらえるとはな」

嘉六が、不思議そうに言った。

「子どもらと一緒に食わしてもらっているから、当然だ」

「お種を見捨てた、おらが憎くはないのか」

しばらく黙り込んだ空翔が、「お種は、俺の罪を背負って極楽に旅立ったのかもしれない」と答えた。

「おら、なぜ生き残ってしまったのか……」

「室戸でも、同じことを言っていたな。渡海船で生き残ったお前は、まだ此岸《しがん》で生きよと、仏様がお命じなのだ。そうは思わないか」

「分からない」

嘉六が、托鉢した米を空翔に渡した。粥にしても数人が食べれば尽きる量だった。

ある日、意を決した空翔は、船場の店に行き、父と会った。

自分は観音浄土寺に戻るから銀《かね》を用立ててくれ、と頼んだのだ。

「わいが、大坂におっては、暖簾を継いだ弟に迷惑になるさかい、今度は失敗せずに渡海したるわ」

同席した弟は即座に賛成したが、意外なことに、父は反対した。

「この一か月、手代《てだい》がお前の様子を知らせてくれた。四天王寺で、身寄りのない子らを世話してるそうやな」

と、苦虫を噛み潰したような顔で言う。

「そや。店には迷惑をかけておらへんやろ」

「やっと、真人間《まにんげん》になったな」

父の薄い唇が痙攣した。弟が、その口元を凝視する。

「渡海して、観音様に会うつもりか？」

「船に乗らんでも会える。観音様は、どこにでもいらっしゃる」

「ならば、ここで暮らしたらええやないか」

父はそう勧めたが、険《けわ》しい顔で、弟が反対した。

「兄貴が、大坂におったら、わいの立場はどうなるねん。家督を継いだんは、わいや」

「なら、はっきり言うわ。銀が欲しい。今のままでは、四天王寺のお救い小屋の子どもたちは飢え死にしてまう。しかも親に捨てられたんか、身寄りのない子が日に日に増えてる。人攫《ひとさら》いに拐《かどわ》かされる前に救わな、地獄や」

一気に窮状を訴え、「そやから、銀が要るねん」と、すがるように父を見た。弟も黙り込んだ。

「分かった。もともとお前ら兄弟に、身代《しんだい》を分けるつもりやった。以前に観音浄土寺に寄進した分があるが、それを差し引いたお前の取り分がまだ残ってる。自由につこうてかまへん。けど条件がある」

「条件？」

兄弟二人が、父を見た。

「たしかに、お前の言うように、兄がここにおっては、家督を継いだ弟が陰口を叩かれることもあるやろ。観音浄土寺に戻れ。それが条件や」

「そんなら、賛成や」

と、弟が言った。もともと自分から申し出たことなので、空翔にも異存はなかった。

「内蔵に、銀箱があるから、とりあえず好きなだけ持って行け。お前の取り分の残銀は為替にするわ。祖母《ばば》様に、挨拶を忘れるな。永《なが》の別れになるやもしれへん」

空翔の固く握った拳に、涙が滴った。父に対し、初めて見せた涙だった。

秋になった。食料を買いだしに出た又八は、五両を失ったまま寿貞尼のもとには帰らなかった。村人は、又八が小判を持ち逃げしたと噂したが、寿貞尼は又八を疑わず、不慮の事故にあったのではと、その身を案じていた。

定之介の亡き後、寿貞尼は、津波で孤児となった子どもたちの食料を得るために一心不乱に働いた。体を酷使することで、悲しみや不安から逃れようとした。夫の定之介と早世した我が子たちとの冥福を祈りながら、体を痛めつけた。

極楽で子どもたちと一緒に、夫は私を待っているにちがいない。

畑の畦道に咲いた深紅の彼岸花が、定之介の流した血のように思えた。そこを通るたびに、夫から江戸土産にもらった解き櫛を撫でながら念仏を唱えた。

ある日、寿貞尼の小屋に、値の張りそうな衣を着た僧が訪れた。空翔だった。父との約束通り観音浄土寺に舞い戻ってきたのである。

渡海船が室戸に漂着してしまったと嘘を言って、再び観音浄土寺の住職におさまることができた。実家が本山にあらためて寄進した銀《かね》が、ものを言ったようだ。

かつての小太りした脂ぎった顔から脂肪が脱けて、空翔は精悍な僧に変貌していた。寿貞尼は、定之介の最期を空翔に伝えた。

「さぞ、ご無念だったことでしょう」

「いいえ、命が燃え尽きるのを、ひたすら待ち望んでいた夫でした。あの世に赴いて喜んでいると思います」

空翔は、渡海船に再び乗せられたときの、定之介のすさまじい抵抗を思い出していた。今すぐ渡海することになったら、自分も抗《あらが》うにちがいない。まだまだ成すべきことがあった。

「渡海は、命が燃え尽きたときに行うべきなのかもしれません」

茶代わりに煎じたゲンノショウコの煮汁を一口飲んで、「また渡海をなさるのですか」と、寿貞尼が尋ねた。

「本山にはそう言ってありますが、直ぐにではない。いつ渡海するか、指示がありません。いつでもかまわないのでしょう」

そう言って、空翔が笑った。室戸の磯で観音様に会うことができたが、空翔は補陀落山《ふだらくせん》を信じていなかった。

近隣に即身成仏したと喧伝《けんでん》されている先代、西澄上人《さいちょうしょうにん》にしても、実は補陀落山に渡海できるとは思っていなかったので、五穀断ちまでして生命の炎を消そうとしたのではなかったか。

外で遊ぶ子どもたちのはしゃぎ声が聞こえた。同じ年頃なのに、遺体さえ見つからないお種が哀れだった。

「渡海する前に、やるべきことがあります。まず、地震と津波で傷ついた人々を救うことです」

空翔が寿貞尼を訪れたのは、そのためだった。左手で懐から出した包みを、寿貞尼に渡す。

「これは?」

「浄財《じょうざい》です。実家から貰い受けてまいりました」

袱紗《ふくさ》のなかには、銀二百両が入っていた。実家の呉服問屋から餞別《せんべつ》に貰った銀《かね》の一部を四天王寺の元鉄に渡し、持ち帰った銀だった。目を丸くした寿貞尼が、銀を押し返した。

「秋になったので、穀物の値は下がりました。が、じきに冬になります。寒い冬を子どもたちが越せるように、家を建ててください。破戒坊主の悪行の代価だと思って、どうかお納めください」

空翔は深々と頭を下げた。

十二章　別離

冬になった。大坂では、嘉六《かろく》が病いに倒れていた。二度の渡海で、襤褸《ぼろ》のようになった肉体が崩れ落ちてしまったのだ。

手足の筋肉が萎縮《いしゅく》したうえ、体の脂身がこそげ落ち、文字通り骨が透けて見えるほど衰弱した。とても、元鉄《がんてつ》と一緒に托鉢に回れる状態ではなかった。

お雅《まさ》が、病床につきっきりで看病した。

「いかんな。真人間《まにんげん》に戻らぬうちは往生させるわけにはいかぬ」

嘉六の体を拭いているお雅に、早朝、様子を見に来た元鉄が語りかけた。

「真人間？　嘉六さんは、もう真人間です」

「まだ、仏性《ぶっしょう》があらわれない。ただ待っていても、人は仏になれるわけではない。修行を積んでこそ、初めて観世音菩薩の大慈《だいじ》大悲《だいひ》に救われるのじゃ」

「修行が足りないと言われるのですか」

「いや、なまじっかな修行を超えた過酷な体験が、逆に禍《わざわい》をなしているのだろう」

朦朧としていた嘉六が、二人の会話が聞こえたのか、目を覚ました。

「おら、だいじょうぶだ」

元鉄と一緒に托鉢に出ようと起き上がった嘉六の足がもつれて転倒した。お雅が悲鳴をあげた。

「観音様に」と唸った嘉六が、「会いてえ。会いてえ」と繰り返した。

その様子を見ていた元鉄が、唐突に「肉食《にくじき》させよう」と、お雅に言った。

「肉食?」

お雅が、おずおずと訊き返す。

「嘉六に肉を食わせてやろう、と言うたんじゃよ」

「その……、お坊様が肉を食べても良いのですか」

「不殺生戒《ふせっしょうかい》も時と場合によるなあ。昔のことじゃが、鈴木正三《しょうさん》という禅僧が、精気を使い果たして行き倒れた。医者に命じられるまま、肉をたらふく食って体を回復させ、元気に行脚《あんぎゃ》に出かけたそうじゃ。肉を食わずに往生するのと、どちらが仏の大慈大悲にかなうのか。拙僧なら正三和尚のように肉を食らう。ただ……」

お雅が、嘉六を病床に横たえさせながら、口籠もっている元鉄を見た。

「前にも、嘉六にそう言ったことがあったのじゃが、わずかな粥しか口にしなかった。無理に食わせようとしたら、胃の腑に詰まったものを吐き出してしもうた」

「那智に住んでいたときには、焼いた雀が、たいそう好物だったのですが」

首をかしげたお雅が、子どもをあやすように嘉六の肩を叩いた。

「まあ、理由は分からんでもない。人の肉を思い出すのじゃろう」

その話を聞くたびに、お雅の背筋が凍った。恐ろしい……。

「鶏肉《かしわ》でも馬肉《さくら》でも猪肉《ぼたん》でも、何でもかまわぬ。お前さんから、食うように勧めてくれ」

そう言い残して、元鉄は一人で托鉢に出た。

その日、お雅は子どもたちに頼んで、雀を捕らえた。羽毛を剝《は》ぎ、炭火で焼く。香ばしい煙が立った。

昔の嘉六さんなら、頭から齧《かじ》りついたのだけれど。

塩を振った雀を皿に載せて、「食べて、力をつけるのよ」と勧めた。

一瞥《いちべつ》した嘉六が皿を払いのけた。こみ上げた胃液と口に溢れた唾液とを一緒に吐き出した。驚くほどの量の粘液が寝具に散った。

「食べなければ死ぬよ」

と叱ったお雅に、虚《うつ》ろな目を向ける。

「観音様に会うのでしょう」

「おら、死ぬのか……」

「だから、そうならないように食べなきゃ」

「死ねば地獄に堕ちて、おら、観音様に会えない」

「地獄に堕ちるはずないよ」

と言って、お雅が嘉六の手をとった。なぜか涙が出た。死なせてたまるか、と思った。自分より細くなった嘉六の指を火照《ほて》った頬にあてた。

「おら、人食った。だから地獄に堕ちる。その前に観音様にお詫びして、おっ母とおっ父を救い出す」

話すのも大儀そうな嘉六を起こして、腰に枕をあてる。

お雅が、雀を自分の口に入れて頭骨ごと嚙み砕いた。そのまま嘉六に口移しした。「ううっ」と唸って吐き出そうとする嘉六の口に、唾液と混ざった肉片を舌で押し込む。こみ上げてくる胃液に噎《む》せながら、嘉六は肉片を呑み込んだ。

さらにお雅が、二口目を口に押し込もうとした。豊満な乳房が、嘉六の胸に押しつけられ、背に回した手が嘉六を抱きしめるような恰好になった。唾液と肉片とが、再び嘉六の口に、お雅の舌でねじ込まれた。

死なせたりしない。地獄にも極楽にも行かせない。

嘉六がゆっくり口の肉片を咀嚼《そしゃく》し始めた。今度は噎せなかった。お雅が嘉六の手を取り、乳房に触らせた。肌に触れた掌が貝殻のようで痛かった。

「元気になって、私を抱くのよ」

嘉六が獣のような吠え声をあげた。

夕刻、托鉢から帰った元鉄が、嘉六の変わりようを見て、「今日一日で、人の血が流れだしたようじゃ」と、驚いた。

眠りについた嘉六を置いて、二人は小屋の外に出た。日没前の空が赤く焼けていた。

「嘉六は、観音様に会いたいという一念で生きながらえている」

「なぜ、観音様に会いたいのかしら」

「自分は親を殺した悪人だと思い込んでいるから、懺悔でもしたいのじゃろう」

「親を殺した?」

お雅が絶句した。

「己が、おめおめと生き残ったことを恥じているようじゃ。子どものころから、純真な心を持っておった」

「恥じる?」

「人には、誰でも汚《けが》れがある。虫を踏まずには、人は生きておられぬ。人と仏とは違うのじゃ。汚れにまみれて生きていることは恥ではない」

「嘉六さんが汚れているなんて……」

お雅は、那智の畑の隅で自分を抱いたときの、嘉六の優しい眼差しを思いだしていた。

「拙僧に言わせれば、親を殺したとしても嘉六には罪がない。病いの苦痛から逃れようと死を望んだ母を殺し、父は酒毒で死んだようなものだからのう。その父母のために、観音様に謝りたいそうじゃ」

叢《くさむら》から、やっと聞き取れるぐらいの細い虫の音《ね》が聞こえてきた。お雅には、それが嘉六の軋《きし》んだ心があげる悲鳴のように思われた。

決して癒《い》やされることのない心の傷が、肉体を蝕《むしば》んでいくのかしら……。

「観音様に謝って、どうなるのでしょうか？」

「地獄に堕ちた両親を、極楽往生させたいのじゃろう。地獄に堕ちなければならないのは、親ではなく自分のほうだ、と懺悔して……」

「嘉六さんの両親は、なぜ地獄に堕ちなければならないの？」

元鉄は「ううん」と唸ったきり、しばらく黙り込んだ。が、いずれ、お雅にも分かることだろうと思い直した。

「生まれたばかりの弟を、両親が殺したからだと嘉六は考えている。飢饉で育てられぬ赤子を苦しめないために、泣く泣く間引《まび》いたのだと思うが」

飢えの恐ろしさを、お雅も知っていた。子を殺すほど追いつめられた百姓のために、父は闘ったのだ。

「父は、飢饉の時、村人を助けようとして藩のお役人に殺されました」

うつむいたお雅が、足元の石を拾った。

「村人や、藩のお役人を憎んでおるか」

「いえ」

誰かを恨んでいるわけではない。ただ、人を殺《あや》めても生きる、それが人の常であることが悲しかった。

「人はみな罪を負っている。嘉六は、その罪すべてを負おうとしているように、拙僧には思える」

お雅が、落ちかかる日に向かって石を投げた。

どこに落ちたか見えなかったが、いつまでも嘉六の前に姿を見せない観音様に当たればいいと思った。


一か月ほど経った。肌寒い日が続いた。嘉六のぼろぼろになった体に回復の兆《きざ》しは見られなかった。

お雅に勧められるまま、たまに肉を口にすることもあったが、元鉄が望んだように托鉢に出られる状態にはならなかった。相変わらず食が細く、そのわずかな食い物を喉に通すのにも苦労していた。

体力や精力の問題ではなく、嘉六は病いにかかっていたのだ。

おっ母《かあ》と同じ病いかもしれない。直《じき》に、一人では糞もできなくなる。

自分がおっ母にしたことを、お雅にやらせるのかと思うと、嘉六は気分が滅入った。

あのときのおっ母のように、おら、気が変になってしまうかもしれない。死ぬ前に見せた、あの目つき……。ああなる前に、おらを往生させてくれと、お雅に頼まなければ。

夜半、眠れないまま朦朧とした頭で、そう考えたこともあった。

腰の床ずれが痛かった。お雅が時々体の向きを変えてくれるのだが、爛《ただ》れた皮膚が膿《う》んで、剥《む》き出した肉がずきずきと痛んだ。お雅に湯で拭ってもらっても、すぐに膿がたまった。一晩中、痛みで眠れないこともあった。

床ずれの痛みは原因が分かっている。それとは違った、腹を掻きむしられるような痛みに襲われることがあった。

食らった人肉が、今になって祟《たた》っているかもしれないと、嘉六は思った。腹痛がするたびに、必死に念仏を唱えた。嘉六の命を救うために、「わしの肉を食え」と言った助七の冥福を祈った。

おら、観音様に会うために、助七さんを食った。でも、観音様は姿をお見せにならなかった。目を開けた刹那、嘉六の顔を覗き込んでいる、お雅のふっくらとした顔が見えるときがある。観音様も、こんなお顔かもしれないと思うこともあった。

最近、飛鳥村で暮らしていたころと、お雅と一緒だった那智の浜や、空翔《くうしょう》としばらく住んだ室戸での記憶とが混じり合ってしまうことが多くなった。時間の流れとは無縁な記憶が、あるときには朦朧として、別なときには鮮明に蘇った。

看病しているお雅が、自分を食おうとしていると妄想したこともあった。頑健な元鉄《がんてつ》が、なぜか痩せ衰えて、鷗の鋭い嘴《くちばし》で突《つつ》かれている、そんな幻覚も見た。そういう時、嘉六はおっ母と同じ慳貪《けんどん》な目つきをして、元鉄やお雅を見ていたのかもしれない。

肉が剝き出しになった床ずれの痛みで我に返ると、嘉六は幻覚を思いだし、涙を流した。

おっ母と同じだ。死んだほうが楽だ。

縮こまった腕では、胸を刺そうにも刀が持てない。堀川に身投げしようにも歩けない。梁《はり》に綱を吊すことさえできない。あのときのおっ母も、きっとそうだったんだろう。

おっ母がしたように、おら、お雅に紐を渡すほかないのか。お雅は、おらを楽に往生させてくれるだろうか。

嘉六の容態は、日に日に悪化した。

お雅と元鉄とが、病床の嘉六に寄り添った。嘉六の排便、排尿は、人の手を借りなければならなかった。

桶にまたがって尿をするにも痛みに苦しんだが、排便の際には下腹部を錐《きり》で突かれるような苦痛が伴った。四苦八苦して尻から出しても、粘液に混じった糞は小指の先ほどだった。

悶絶するほど苦しんだあと、痛みが一瞬消えることがあった。そういう時、嘉六の表情は別人のように穏やかになった。

嘉六は夢を見ていた。両親が死んだ飛鳥村の家や渡海船のなかで死を覚悟した自分が、いっしょくたになって夢にあらわれた。そこには美しい姿をした観音様が自分に寄り添っていた。

夢のなかで、嘉六が、なぜか手にしている短刀で自分の胸を突いた。その傷口から外に向かって腕が伸びた。その腕を観音様が引いた。腕を引かれて、嘉六のなかから、もう一人の観音様が姿をあらわした。そのお方は、外の観音様と重なって、一人となった。

そのとたんに目覚めた嘉六は、たった今見た夢を繰り返し思いだした。

おら、夢で観音様に会った。おらのなかに観音様がいた。会いたい、会いたいと思って渡海したときには、姿をお見せにならなかったのに。

そうか、会いたいという執着心を捨て、心を「空《くう》」にすると、観音様があらわれるのか……。

己を「空」にすれば、生きることと死ぬこととは同じだ。生死にこだわる執着心を捨てれば、観音様と一体になれる。

そう悟ると、嘉六は、今までにない安らぎを覚えた。故郷の田圃の温もりが体を包んで、深い眠りについた。

晩秋の陽気が暖かだった。この日には、嘉六は痛みを感じていなかった。

「観音様のような顔をしておる」

元鉄が、お雅に言った。

「嘉六の心に、何か起きたのじゃろう」

「苦しそうだけれど……」

お雅が、眠っている嘉六の額の汗を拭いた。いつからか、嘉六は「観音様に会いたい」とは言わなくなり、お雅に礼を言うようになった。

「命が直《じき》に尽きることを悟ったのかもしれん」

絶句したお雅の顔から涙が滴った。お雅にも、嘉六が死に臨《のぞ》もうとしていることが分かった。

「嘉六さんは、何のために、こんなに苦しんで生きてきたのでしょう」

「生きることにも、死ぬことにも理由はない」

元鉄には、此岸の苦しみを背負ったまま彼岸に赴こうとしている嘉六が哀れに思えた。

目を覚ました嘉六が、腕を弱々しく伸ばし、「た・く・は・つ」とつぶやいた。

「だめ。歩けないんだから」

意識が混濁したのかと思ったお雅が、耳元で大声を出した。頷いた嘉六が、もう一度、「た・く・は・つ」と言った。

「托鉢をしていれば必ず観音様に会える、と拙僧が言ったのを覚えておるのじゃろう」

元鉄が、嘉六の手を握った。

「承知。托鉢に出よう」

お雅が「でも」と、元鉄の顔を訝《いぶか》しげに窺《うかが》った。

「二人で嘉六を支えれば、なんとかなるだろう。その前に、頭を剃ってやろう」

「お坊さんにするのですか」

「戒壇《かいだん》で得度というわけにはいかんがのう。すでに嘉六は到彼岸《とうひがん》の境地にある」

「到彼岸?」

「生死の苦海を渡って涅槃《ねはん》の彼岸におる。僧どころか、立派な菩薩じゃ。湯を沸かそう」

お雅の運んだ手桶の湯に、元鉄が剃刀を浸し、髪と髭を剃り落とした。嘉六は、観音様のような微笑を浮かべていた。

元鉄の用意した真新しい墨衣をまとって、嘉六は町中に出た。

肩を貸したお雅が驚いたほど、嘉六は痩せ衰えていた。小太りのお雅にもたれかかった蜻蛉《かげろう》のようだった。

道行く人々が道を空けた。傍目《はため》にも、若い、弱々しい僧が直《じき》に死ぬことが分かったようだ。

お雅にもたれた嘉六が目をつむった。

おっ母や、飲んだくれのおっ父や、故郷の小川やため池が見えた。優しく厳《いか》つい顔をした飛鳥寺の大仏様も見えた。

懐に入れた、弟の名を刻んだ地蔵に触ってみた。これを彫ったおっ母の指先に触れたような気がした。

目を開けた。

在るはずの町並みが消え、絹の帳《とばり》のような霞の奥に光が見えた。目を凝《こ》らすと、瀟洒《しょうしゃ》な衣をまとった人がいた。お顔は分からなかったが、嘉六は観音様だと確信した。

「すまねえだ。許してくだされ」

嘉六は大声を出した。しかし、その声は元鉄とお雅には聞こえなかった。嘉六は意識を失った。元鉄が嘉六を抱え、小屋に戻った。そのまま、病床に寝かされた。

その夜、病床の嘉六に光が差した。闇のなかから、何かが歩み寄って来た。光の珠《たま》としか言いようのないものが、近づくにつれ徐々に大きくなった。その光の珠から無数の小さな珠が放たれ、飛び回っていた。

嘉六は目をつむった。しかし、相変わらず光が見えた。心の奥深いところで、嘉六は、無数の光の珠を見ていた。

おら、地獄に堕ちるのか……。牛頭馬頭《ごずめず》の乗った火車《かしゃ》が自分を迎えに来たのか。

嘉六を呑み込むぐらい大きくなった火の珠から、手のような細い光が伸びて来た。嘉六は、その手にすがった。とたんに、言いようのない安息が心に満ちた。

この手は、ひょっとしたら観音様の御手《みて》かもしれない。

光に吸い寄せられていく己を、嘉六は意識した。

おら、どうなっちまうんだろう。

嘉六の肉体から、光の珠があらわれた。桶から水を掬《すく》うように、観音様の御手が、自分から光の珠を引き出したと、嘉六には思われた。

いつの間にか、自分が大きな光の珠のなかにいるのが分かった。そこから、病床に横たわっている自分が見えた。

おら、光の珠になっちまった。

はっきりと、それが分かった。遠くから、自分の名を呼ぶお雅の声と元鉄の念仏とが聞こえる。そう思った時、嘉六の心臓が止まった。

嘉六には、木偶《でく》になった自分の肉体が見えた。露のような無数の光の珠が、木偶のまわりを浮遊していた。お雅が泣き叫んでいる。

声は聞こえなかったが、生きているときより、お雅の心がはっきりと伝わってきた。元鉄が合掌するのも見えた。しきりに、お雅に声をかけていた。嘉六は、自分を観音様に会わせてくれた元鉄に感謝した。

今までの出来事が、一つの光の塊になったように思えた。ここには時間が存在しない。時間の流れが「一瞬」となり、時を追うはずの記憶が、渾然一体となった。今まで観音様に謝ろうとしていたことも、そのなかに取り込まれた。

言葉さえ存在しない「空《くう》」の世界。そこには嘉六の追い求めていた安らぎがあった。

木偶のような嘉六の肉体のまわりに浮遊していた光の珠が、大きな珠に戻って、より強い光に吸い込まれていく。その中心に観音様がいらっしゃった。
こうして、嘉六から抜け出た魂は、観音様と一体となった。

十三章　遺された者

嘉六《かろく》が死に、お雅《まさ》には形見の地蔵が遺《のこ》された。木片を彫っただけの小さな地蔵の裏には、拙《つたな》い仮名で「きちべえ」と書かれていた。お雅は、嘉六から、それが生まれて直ぐに死んだ弟の名だと聞いていた。

手垢にまみれた地蔵は黒光りしていた。嘉六は、この地蔵を肌身離さず持っていた。そのことを知っているお雅は、嘉六の指の脂が地蔵の木肌に染みついているようで、愛《いと》おしかった。

袋から出した地蔵を乳房に当てると、嘉六に愛撫されているような気持ちになった。

嘉六の故郷を見てみたいし、四天王寺で火葬した嘉六の遺骨も故郷に埋葬してやりたかった。そう、元鉄《がんてつ》に相談すると、すぐに庄屋の次郎吉に紹介状を書いてくれた。元鉄は、遺骨を飛鳥寺に埋葬するよう、お雅に頼んだ。

お雅は、大地震の起きた翌年、宝永五年十二月に飛鳥村に着き、庄屋次郎吉宅にしばらく宿を借りることになった。

近くの飛鳥寺にも足を運んだ。嘉六は子どものころ、ここでよく遊んだと、元鉄から聞いた。境内の柿の木に、鳥に啄《ついば》まれた実の蔕《へた》が残っていた。那智の冬の海のように穏やかな冬枯れた景色だった。寺のまわりの田で、夏に、少年の嘉六が泥鰌《どじょう》や田螺《たにし》を獲《と》っている姿を想像した。

大仏様の前に座ってみた。厳《いか》つい顔が父のようだった。人を威圧するような大仏と違って、慈愛に満ちた顔をしていた。場所を変えて座ると、違った表情に見えた。

嘉六の遺骨は、両親の粗末な墓の傍らに埋葬した。自然石が置かれただけなので、お雅は気づかなかったが、生まれてすぐに死んだ「吉兵衛」も、嘉六の墓の隣に埋められていた。

庄屋の次郎吉に頼んで、お雅は飛鳥寺の粗末な御堂にしつらえた小部屋に、一人で住まわせてもらった。地震と津波とが、大勢の人々の運命を変えてしまった。そう思うと、お雅は夜半、まんじりともできないことがあった。

嘉六さんは自分が生き残ったことを恥じている、と元鉄さんは言っていた。嘉六さんより長く生きることになった私は、これから、どうやって生きていけば良いのだろう。

そう思うと、体が強張《こわば》った。眠れないと、小部屋を脱けだし、大仏様の前に端座して、夜が明けるのを待った。

村では、正月を迎える準備が進んでいた。この日、飛鳥寺近くの鳥形山に建つ飛鳥坐神社《あすかいますじんじゃ》では、正月十一日に行われる御田植神事《おたうえしんじ》(御田祭《おんだまつ》り)の稽古があった。集まった村人が笑いさざめいていた。

御田祭りでは、お多福とひょっとこの面をかぶった男が、交合《まぐわい》の所作を滑稽に演ずる。境内には、男根を模《かたど》った陽石が、数多く祀《まつ》られていた。

お雅は、神社で、交合の練習をする若者をからかう村人たちと一緒に、大声で笑った。嘉六もお多福の役を演じたことがあると、次郎吉から聞いていた。脇に嘉六がいて、その笑い声が聞こえたような気がした。

が、その日も夜が更《ふ》けると、言いようのない寂寥《せきりょう》に苦しめられた。小部屋の寝床で、嘉六と夫婦《めおと》になって子宝に恵まれた自分を想像した。眠れなくなったので、いつものように小部屋を抜け出し、大仏様の前で泣きじゃくった。

御堂の板壁の隙間から風が吹き込んで灯明が揺らいだ。灯りに照らされた大仏様も泣いているように見えた。昼間とは、違ったお顔をしていた。

一人で大仏様と向き合っていると、大仏様が生きているように感じられた。このまま掌に包まれて、極楽に連れて行ってくださるような気がした。

お雅は、大仏様の前に五体を投げ出した。肉体から魂が抜け出ていくようだった。薄ら明かりのなかで大仏様が右手を前後に振って、自分を誘《いざな》っているように思えた。

どこに行くんだろう。

大仏様のまわりに、無数の光の珠《たま》が浮遊しているのが見えた。そのいくつかが、お雅のほうに飛来した。

お雅は、今まで感じたことのない満ち足りた気持ちになった。両親の魂や嘉六の魂が光の珠となって、お雅と遊んでくれている。そう思った。

目をつむった。

お雅は、両親に見守られながら、兄の又八と一緒に、那智の浜で貝殻を拾って遊んでいた。

ここはどこかしら？

薄紅色の子安貝を見つけて又八に見せる。人が死ぬことさえ知らなかった幼いころの記憶が蘇る……。


年が明けた。

正月三が日の早朝、お雅は飛鳥寺の西側にある小高い丘に登り、大和三山、天香具山《あめのかぐやま》・畝傍山《うねびやま》・耳成山《みみなしやま》を仰ぎ見た。天気が良いと、畝傍山の向こうに、二上山《ふたかみやま》のなだらかな二つの峰が眺望できた。その麓には當麻寺《たいまでら》がある。

飛鳥村に住むようになって、お雅は、しばしば當麻寺に足を運んだ。観音様を深く信仰していた中将姫《ちゅうじょうひめ》の伝説に惹かれたのである。中将姫が一晩で織り上げたという蓮糸の曼荼羅《まんだら》は、本堂の厨子《ずし》内に掛けてあった。極楽が描かれているはずなのだが、板に貼ってあったものを掛け軸に仕立て直したために、痛みが激しかった。

厨子の前で合掌する。目をつむると、曼荼羅に描かれていたはずの阿弥陀様ら三十七尊が心に浮かんだ。阿弥陀如来の脇にいらっしゃる観音様が自分を招いているようだった。

嘉六さんや刑死した父さんも、曼荼羅に織られている極楽浄土にいるにちがいない。嘉六さんは、托鉢で疲れ果てた体が崩れ落ちても観音様に会おうとしていた。こうして曼荼羅の前で目をつむっていると、観音様と私とが一つだと感じる。嘉六さんとも一緒だと感じる。みな、このなかにいるのかしら。

庄屋の次郎吉宅で飯炊きをして食い扶持を得、閑《ひま》なときに飛鳥寺近くの空き地を耕して畑にした。素足で鍬を振るうと、嘉六と一緒に野良仕事をした故郷の田畑《でんぱた》を思い出した。

疲れると、飛鳥寺の御堂に戻り、大仏様に語りかけた。大仏様が父になることもあった。美男で厳《いか》つい大仏様のお顔が嘉六の顔と重なることもあった。

「なぜ、室戸から那智の浜に戻らずに、また渡海したの？　私は嘉六さんを探し続けていたのに」

そう、問いかけても大仏様は、ただすべてを包み込むように微笑んでおられるだけである。が、お雅は言いようのない安らぎを覚えた。

夏の暑い日、四天王寺のお救い小屋にいた元鉄が飛鳥寺に帰って来た。出立してから、はや三年が経っていた。

「孤児たちの世話は、四天王寺の坊さんがすることになった。船場《せんば》の商人が費用を寄進してくれたのじゃ。家督《かとく》を譲ったあとの寺参り銀を、後生《ごしょう》のためだとそっくり投げ出してくれたご隠居もいた。ありがたいことじゃ」

丈の短い法衣から毛深い脛《すね》を出した元鉄が、「暑いのう」と、汚い手拭いで汗を拭きながら、採れたばかりの西瓜を所望した。お雅が包丁を入れて渡すと、種を吹き出し、「美味《うま》い」と言ったまま、しばらく瞑目《めいもく》した。

「どうされたのですか?」

「渡海船に乗った嘉六も、こんな西瓜を、さぞ食いたかっただろうと思うてな」

黙り込んだお雅に、「今頃は、極楽でたらふく食っておるじゃろう」と言葉を続ける。

「極楽は、どんなところですか?」

「さあ、まだ行ったことがないのでなあ。極楽とはこういうところだと念ずる。そうすれば、それが、念じた者が往生したあとに行く極楽になるのじゃろう」

「私は、嘉六さんや、会ったことがないけれど嘉六さんのお母さん、間引きされた弟さんと、観音様の前で一緒に……、そうだ、踊ってみたい。何もかも忘れて、ややこのように踊ってみたい」

「それこそ、極楽、極楽」

と、ややこ躍りの真似をした元鉄が笑った。

「土を耕し、四季折々の花や月を楽しみ、仏の恵みに感謝して日々を送れば、極楽往生、まちがいなしじゃ。わしも、庄屋の次郎吉に、飯を恵まれるのは心苦しかった。おぬしのように働くぞ。畑を耕し、雨漏りのする御堂を修繕しよう。幼いころの嘉六のように、この貧乏寺に手習いに来る子どもがいるかもしれん。お雅、手伝ってくれ」

秋になると、大仏の前に机を並べて子どもたちが手習いを始めた。お雅も、元鉄に勧められて写経を始めた。一文字一文字に、嘉六と出会い、別離したお雅の人生を書き込むような気持ちで経を写した。一瞬が一生であるかのように、経文に向き合うことが、お雅の信仰に磨きをかけた。写経がお雅の人生となった。

那智の浜を一望できる小高い丘で、寿貞尼《じゅていに》は、不遇の死を遂げた夫の定之介《じょうのすけ》の菩提を弔いながら、孤児たちの世話を焼いていた。夫が命をかけて得た金五十両と、観音浄土寺の空翔が寄進した銀二百両で小屋を建て、当面の食料を得た。

小判五両持ったまま行方不明となった又八から音信がない。あの男に欺《あざむ》かれていると言う村人が多かったが、寿貞尼は、大坂から定之介《じょうのすけ》の遺骨を持ち帰った又八を疑おうとはしなかった。

村人から「犬」と蔑《さげす》まれた夫を、寿貞尼は、大震災が起こるまで、子を見殺しにしたと憎んでいた。夫の真情を誤解していたと分かったとき、人を疑うことをやめようと決意した。

寿貞尼が多額の寄進を受けたという噂が広がるにつれ、銀《かね》の無心に来る者が増えた。そのたびに、言われるままに銀を与えたので、すぐに生活に窮するようになった。

見るに見かねた空翔が、意見を言う。

「仏は盗みや嘘を戒《いまし》めておりますが、残念ながら、人がみな仏法に帰依《きえ》しているわけではございません。金銀を用立てたら、証文を取る。これは世法《せほう》ではございますが、仏法《ぶっぽう》のいまだ行き渡らぬ現世の智恵でございましょう」

白湯《さゆ》を啜《すす》りながら、寿貞尼が微笑んだ。

「たとえ、欺いたとしても、その理由があるはず。やむにやまれぬわけがあるのなら、欺かれたとしても、かまわないではないですか」

「しかし、腹が立ちませんか」

「村人から蔑まれていた夫が、被災した村人を命がけで助けました。『仏などいない』と嘯《うそぶ》いていた夫は、誰よりも仏の大慈《だいじ》大悲《だいひ》を理解していたのだと思います。穢土《えど》でもがき苦しんでいたからこそ、浄土が見えたのでしょう。すべて、仏様の大慈悲です」

その晩、空翔は寿貞尼の小屋に泊まった。板敷きに筵《むしろ》を敷いた寝床に、おおくの遺児が寝ていた。子どもたちは寿貞尼の傍らで寝ようと争った。寿貞尼は、年少の者から、母鳥が雛を慈しむように抱いてやった。幼児を抱く時、小声で、経文のように「門兵衛、太郎八、三之助」とつぶやくのが、空翔に聞こえた。早世した子どもたちをあやすように、子どもたちの髪を撫でては、寿貞尼は時折袖で涙を拭った。

十四章　最後の渡海

享保七（一七二二）年六月。

大地震と富士山噴火のあった宝永四年から十五年が過ぎていた。震災孤児たちの世話を焼いていた寿貞尼《じゅていに》は、二年前に他界した。

この十数年、高徳な僧として観音浄土寺の住職空翔《くうしょう》の名声が喧伝《けんでん》された。渡海の身代わりに嘉六《かろく》を雇ったころの悪評を口にするものはいなかった。

無私の名僧としての評判が高まると、不思議なことに、空翔が補陀落《ふだらく》渡海《とかい》するという噂が広まった。空翔を生き仏のように、礼拝する人々が増えた。托鉢《たくはつ》に出ると、衣の裾に触れようとする人々が群集《くんじゅ》した。

空翔は、たった一度だったが、十数年前に室戸の荒磯《あらいそ》で見た観音様の面影を忘れなかった。またお会いしたいと願ったが、渡海船に乗ることで、それが叶《かな》うとは思っていなかった。そのつもりのない渡海の噂を耳にして、苛立ったこともあった。

ある日、「お坊様は、補陀落山《ふだらくせん》でお父ちゃんと会うの」と母親に言われた、お種と同じ年頃の女の子から「これ、渡して」と、貝殻を託されたことがあった。父親は海で死んだそうだ。

この時、空翔は、補陀落渡りは、渡海した僧が衆生《しゅじょう》の数多《あまた》の願いを観音様に届けることだと悟った。

この世に遺された者が、不動の信心を得る「安心《あんじん》」のために、自分は渡海しなければならない。渡海船で観音浄土に赴けるか否かは問題ではない。たぶん、渡海しても、これまでの上人《しょうにん》と同じように、ただ命を落とすだけのことだろう。しかし……。

畳の上で死を迎え、穏やかに彼岸に赴ければ幸せなことだ。が、その死には意味がない。補陀落山は絵空事でも、海の彼方に召された命は衆生のなかで生き続けよう。

空翔は、本山との約束通り渡海を決意した。

定之介《じょうのすけ》と嘉六《かろく》が渡海に失敗したのは、肉体が頑健なまま船にこもったからだと、空翔は考えた。強靭《きょうじん》な肉体で渡海するのは無謀である。ならば、生きている限り善行を尽くして、肉体が衰弱してから渡海すれば、肉体は滅しても魂は必ず浄土にたどり着くはずだ。それは仏の大慈《だいじ》大悲《だいひ》にかなう道でもある。空翔は、そう考えた。

病床に伏すことが多くなり、死を意識し始めたときから一年間、五穀を口にすることをやめた。もうすぐ、体が崩れ落ちる。補陀落渡海する日は近い。

そう覚悟を極《き》めた空翔を、ある日、小太りの女が見舞った。このところ、渡海が間近いと聞いた人々が、功徳《くどく》にあずかろうと、観音浄土寺を頻繁に訪れた。

空翔は、その女もそうした信者の一人だろうと思った。衆生の「安心」のために渡海すると決心した空翔は、できるだけ多くの人々と会うことにしていた。

女は、空翔を見るなり涙を零《こぼ》した。

「どこから、お出《い》でた?」

「大和国の飛鳥村からです」

「また、遠い所から」

女は、空翔の不自由な右手を両手で挟み、「お忘れかもしれませんが、お雅《まさ》です」と言った。

「お雅?」

「どこかで、お会いしましたかな」

一か月ほどだったが、四天王寺で一緒に孤児の世話を焼いたお雅を、空翔はすっかり忘れていた。

「十五年前、お上人様が渡海されようとした時、私の兄が連れてきた若者が身代わりになりました」

空翔が唖然《あぜん》とした。

「又八の妹御《いもうとご》か。思いだした。嘉六と一緒にいた時、四天王寺で子どもたちの面倒をみた……」

「そうです」

と、皺の増えた顔から大粒の涙が滴った。

空翔が、小坊主に茶を持ってくるように命じた。

「嘉六は、飛鳥村に帰ったのか？」

「いえ、上人様が四天王寺を出られた翌年に、病いで亡くなりました」

渋い茶を口にした空翔が、お雅にも勧める。

「病いで、か……。観音様に会いたいと、拙僧にもそればかり言っておったが、会えたのだろうか」

「わかりません。私は会えたと思うことにしています」

頷《うなず》いた空翔が、「命を投げ出すほど、思いつめていたのだから、会えないはずがない。今頃、極楽で親御と一緒に暮らしておろう」と言った。

「元鉄《がんてつ》和尚は？」

「五年ほど前に入定《にゅうじょう》されました。飛鳥寺に葬られております」

「そうか。今思うと、高徳の和尚だった」

お雅が、空翔をまじまじと見た。死ぬ前の嘉六のように、肉が削げ落《そ》ち、落ち窪んだ眼が、清《せい》冽《れつ》な泉のように澄んでいた。

「お上人様が補陀落渡海されると聞いたものですから」

「昔の拙僧を知っているお雅さんには、不思議に思えるかもしれないが、今度は身代わりでなく、拙僧が渡海する」

「なぜ？　嘉六さんは二度試みても観音様に会えなかった。襤褸《ぼろ》のようになって、ただ苦しんだだけでした。おやめください。それが言いたくて、飛鳥村から出てまいりました」

「なぜ、と問われても、答えようがない。観音様のお導きだとしか言いようがないのう。観音様に会うのが目的ではない。苦しみながら他界した人々の魂を供養し、今苦しんでいる人々のために渡海するつもりでいる。拙僧が、今できるただ一つのことだ」

空翔が、観音様のような微笑を浮かべた。お雅は、磔《はりつけ》にされた父の微笑を思いだしていた。

「お雅さんは、今どうやって暮らしている？」

「嘉六さんも元鉄様も死にました。この世に残された私は、大仏様の御堂を護《まも》って、心穏やかに暮らしております」

空翔が、不自由な右手に左手を添えて合掌した。

「我が命を大切にして、仏に感謝しながら、一日、一日、いや、瞬時、瞬時を悔いの残らぬように暮らすことだ」

お雅は、嘉六の遺した地蔵を握りしめ、何度も頷いた。

疲れた表情を見せた空翔を気遣い、小坊主が、お雅に退出を促した。

その月の海の穏やかな日、念仏の大合唱に送られて空翔は渡海船に乗った。人々の前に出たお雅が、何か叫んだが、その声は、大勢の念仏に消されて空翔には届かなかった。

お雅は、「嘉六さんに、ありがとうと伝えて」と叫んでいた。

十五年前、嘉六が渡海船に乗ったときと同じように、お雅が両手をちぎれんばかりに振って、空翔に別れを告げた。

凪《なぎ》の海を、一時《いっとき》ほど船は進んだ。渡海船を沖まで曳《ひ》いてきた船が陸《おか》に戻ると、舵《かじ》も櫓《ろ》もない渡海船は海に漂った。

船の窓のない屋形で横臥《おうが》した空翔は、ここ数日、水だけを飲んで経を唱えていた。空腹は苦痛ではなかった。心静かに、肉体が滅《めっ》すのを待つつもりだった。

浄土で、お種に会って謝ろう。お前を、とうとう見つけることができなかった、すまなかった、と。

嘉六、おぬしに話したいことが山ほどある。わしが観音様に会ったときのことを話してきかそう。

海が荒れてきたのか、船が揺れた。空翔が寝返りをうつと、懐から小刀が落ちた。今まで、渡海僧はみな、そうしていたからと、持たされた刀だった。

念珠を爪繰《つまぐ》りながら、空翔は睡眠と覚醒《かくせい》とを何度も繰り返した。密閉された屋形内では、時の感覚が喪失する。何日経ったか分からなかったが、まだ生きていることに、空翔自身が驚いていた。

食べずにいると、意識が朦朧とするのではなく、逆に明晰《めいせき》になる。眼が覚めているときには、冴《さ》え冴《ざ》えとした頭で、経を唱えた。

体が衰弱すれば、命の力も衰えると思ったのは、まちがっていたのかもしれない。燃え尽きていない蠟燭のように、熱で滴り落ちた蠟が根元に残っていたようだ。

まだ命の炎が燃え尽きていない。

空翔は困惑した。瞑想と断食とが、空翔の肉体をむしろ回復させていたのである。床に捨ててある小刀を手探りで拾って懐に入れ、経を唱え続けた。

諳《そら》んじていた経の章句が、ふと頭に浮かばなくなった。船簞笥《ふなだんす》に納めてある経巻《きょうかん》で確認しようと、灯明《とうみょう》に火をつけた。

久しく見なかった光なので、目が眩《くら》んだ。一瞬黒い幕が下りたようになり、目を見開いたが、何も見えなかった。

目が馴れてくると、薄ら明かりの向こうで、人影のようなものが揺れていた。自分の影が板壁に映っているのかと思ったが、自分と違った動きをしていた。その影の右手が、天井を指差している。

目を凝《こ》らすと、微笑《みしょう》を浮かべたお顔が見えた。

ああ、とうとう観音様に、またお会いできた。そのお方は微笑を浮かべながら、右手で屋形の屋根を差し続け、左手で空翔を手招いている。
拙僧は、貴方様のお導きに従います。
合掌した空翔は、観音様に向かって歩み寄った。

終章　再び、那智の賭場

又八たちが濁酒《どぶろく》を酌《く》み交《か》わしている那智の浜の粗末な賭場小屋に、灯りがともった。冬の日が落ちるのは早い。冷え込んできたので、壺振りが、囲炉裏に炭を継いだ。

赤く熱した炭に手をかざした胴元が、「おめえが騙して、渡海船に乗せた嘉六《かろく》とかいう若造はおっ死《ち》んだ。そのあと、恋仲だった妹はどうしたんだい」と、又八に訊いた。

「お雅《まさ》か？　村人の話では、空翔《くうしょう》が最後の補陀落渡海《ふだらくとかい》をした時、那智の浜に顔を出して、また飛鳥村に戻ったそうだが、今年は享保十七（一七三二）年じゃから、それから十年も経つ。たぶん嘉六の故郷の飛鳥村で暮らしているんじゃろう。今、生きているのやら、死んでいるのやら……」

「なぜ、那智の浜で暮らさなかったんでえ」

と言って、胴元が脛《すね》を掻《か》いた。干物を食い過ぎて噯《おくび》の出た壺振りが、小屋の隅に筵《むしろ》を敷いた。

今夜は、ここで寝るつもりだった。

「こんな退屈な浜で暮らすのが嫌だったんだろうさ」

寝ころびながら、そうつぶやいた若い壺振りに、「飛鳥村には田畑《でんぱた》があるだけじゃ。御立派な賭場のあるここより、よほど退屈だろうぜ」と胴元が言い返す。

「たしかに、ど田舎のようじゃが、お雅の気持ちは分からんでもない。嘉六の育った土地に住みたかったんじゃろうて」

「惚れた男との思い出の地か。阿呆らし」

と、口の端を拭った胴元が、濁った唾を吐き捨てた。

濁酒をしたたかに飲んだ又八が、「小便じゃ」と言って、外に出た。

「また小便か。爺《じじい》になると、小便が近くなりやがら」

自分のことは棚に上げて、そう嘲《あざけ》った胴元が、欠け茶碗の濁酒を、咽喉に注ぎ込んだ。


波打ち際で放尿を終えた又八は、打ち寄せては引く波を見つめていた。薄《すすき》の穂《ほ》のような白髪が、風になびいた。海面に、月が照《て》り映《は》えていた。まだ幼かったころ、お雅と手をつないで見た海辺の光景が目に浮かんだ。

あのころはよく、お雅と貝殻を拾ったもんだ。還暦を過ぎてからは、腰を屈《かが》めるにも苦労する。なさけねえ……。

又八は「痛《いて》て」と腰をいたわりながら、足元の小石を拾って海に投げた。石は吸い込まれるように海に消えた。もう一つ、今より重い石を投げてみた。さっきより遠くに飛んだ。

昔は、投げやすい石を探しては、どっちが遠くまで飛ばせるか、二人で競いあったもんじゃが、お雅は、まだ四つぐらいじゃったかのう。

腰の痛みに耐えながら、子どものときのように、又八は幾つも石を投げた。

お雅は負けず嫌いで、わしに勝つまで、いつまでも石を投げていた。わしのほうが根負《こんま》けして、わざと負けてやったもんじゃ。

「おまさあ」

又八が海に向かって声を張り上げた。声は、小石のように波間に消えた。

わしゃ、何のために生きてきたのか。いや、糞みたいなわしが、なぜ、今まで生きてこられたのじゃろうか。

わしをかばって死んだ定之介《じょうのすけ》様の命も、わしのせいで死んでいった親父の命も、わしにとっては、海にそそり立つ岩みたいなもんじゃった。嘉六の命も、お雅には、波を弾《はじ》き飛ばす岩みたいなもんじゃったろう。

それに比べたら、今のわしの命なんぞは小石のようなもんじゃ。海に沈めば、誰の目にも触れねえで、そのまま忘れられっちまう。

さびしいなあ。

規則正しい波音が聞こえた。又八には、沖から誰かが自分を呼んでいる声のような気がした。

「親父」

と、又八はつぶやいた。磔《はりつけ》にされた父の微笑が、昨日のことのように目に浮かんだ。

会いてえな。会って「すまなかった」と詫びてえな。

小屋から、胴元の濁声《だみごえ》が漏れてくる。

もう、あそこには戻りたくねえ。

父が、自分を手招いているように思えた。又八は、波に向かって一歩、前に踏み出した。また一歩……。

定之介様にも会いてえな。

腰まで水に浸《つ》かると、不自由な右足が引き波にすくわれた。倒れ込んだ又八が流された。もがいたが、立つことができなかった。

これでいい。わしは、もう生きていたくねえ。

耳元で、自分を呼ぶ声が聞こえたような気がした。

小屋では、酔った胴元が「女と寝たことがあるんか」と、年若い壺振りをからかっている。

「おめえ、名古屋で生まれたんだったな。最近、尾張の殿様が名古屋で廓《くるわ》を開いたという話じゃねえか。公方様《くぼうさま》がお堅いせいで、吉原じゃあ閑古鳥が鳴いているってえのに、粋な殿さまじゃ。

徳川宗治《むねはる》様とか言ったな。銀《かね》を儲けたら行ってみるか。伊勢の古市《ふるいち》で、たっぷり遊んだ後にでもよう」

壺振りが頷く。

「俺、育ちは名古屋だけれど、どこで生まれたんだか……。熱田神宮《あつたじんぐう》の鳥居の前で迷子になって泣いていているところを拾われた。たぶん五、六歳ぐらいだったはず。きっと親に捨てられたんだろう」

「壺を振るのに、親は関係ねえ。こうしておめえが生きてこられたことを、弁天さんに感謝しなきゃ。人は、生きていたくても死ぬ奴もいれば、死にたくても死ねない奴もいるってこった」

役者のように諸肌《もろはだ》を脱いだ胴元が、背に彫った弁天を壺振りに見せた。肩を掌で叩いて、「よく、拝んどけ」と言う。黒子《ほくろ》だらけの背に彫られた弁天は色艶《いろつや》を失い、くすんだ婆様《ばばさま》のようだった。

「拝みたいのは、弁天さんより、俺を拾って育ててくれた坊様だ。俺のような身寄りのない子どもを大勢集めて食わせてくれた。俺も四年間ほど世話になった。坊様が死んでから、みな散り散りになっちまった。本名は知らねえんだが、左手しか自由が効かねえんで、俺らはみな、弓手《ゆんで》坊《ぼん》と呼んでいた」

「弓手坊？　おめえみたいな餓鬼が大勢いたのか」

「十二、三人はいたかな」

「そんな大勢の餓鬼の面倒をみるたあ、殊勝《しゅしょう》な坊主がいたもんじゃ」

「弓手坊は、船が難破して沖に漂っているところを助けられたらしい」

「へええ、その坊主は、なんで船になぞ乗ったんじゃ」

「さあ、詳しいことは知らねえ。船で死に損ねた時、なんでも観音様に会って悟ったそうだ。命の炎が消えるまで、観音様に感謝して一日が一生だと思って暮らせ。俺らは常々そう言われていた」

「一日一生か……」

胴元の肌から湯気が立った。寒くなったのか、布子《ぬのこ》を着なおしたうえから縕袍《どてら》を羽織った。

「名前の分からない女の子は、みな『種』と名が付けられていた。俺が世話になっていたときには、三人も『種』がいた。上から『種姉《ねえ》ちゃん』『種中姉《なかねえ》ちゃん』『種ぼん』と呼ばれていたな」

「そりゃまた、ややこしいこっちゃ。よっぽど、お種に未練でもあったんじゃろう」

胴元が破鐘《われがね》のような濁声をだし、高笑いした。

「糞爺《くそじじい》はまだ戻らねえのか？　年を食うと、小便の出が悪くなって手間がかかるようじゃや。おめえ、見てこい」

外に出た壺振りが、「爺、爺、又八。どこだ」と叫ぶ。その声が、波間に沈む小石のように、暗い海に吸い込まれていく。

跋

作者曰く、
生命には軽重がない。ただ、深浅があるのみだと思う。運命に弄ばれながら懸命に生きた人々の命の深さを、私は描きたかった。江戸時代の人々の死生観には、仏教が深くかかわっていた。この物語では、観音浄土を目指して渡海に挑んだ人々の信仰心を描いた。
紀州熊野沖に向かって船出する補陀落渡りは、古代から江戸時代中期にかけて行われていた。那智浜から小船に人を乗せ、出入り口を閉じ、沖に流すのである。
『熊野年代記古写』の、江戸時代に行われた補陀落渡りの記録を引用する。
○寛永十三（一六三六）年三月　清雲上人渡海
○承応元（一六五二）年八月　良祐上人渡海
○寛文三（一六六三）年九月　清順上人渡海

○元禄二（一六八九）年六月　良祐上人渡海
○元禄六年（一六九三）十一月　清真上人渡海
○享保七（一七二二）年六月　宥照上人渡海

このように、寛永十三年の清雲上人の渡海に始まり、享保七年の宥照上人の渡海まで、六回の補陀落渡りが実施された。これらの渡海は、実際には那智の補陀洛山寺の臨終間際の僧を水葬のように沖に流した。

私は、あえて観音浄土寺という架空の寺を設定し、頑強な人間が渡海した古代・中世の補陀落渡りを、元禄末・宝永期のこととして、この物語を書いた。市井の人々の生命と信仰とが、そこに凝縮していると考えたからである。この時期には、小田原城が倒壊した元禄大地震、四国・近畿に大被害を及ぼした宝永大地震、さらに富士山噴火と、天変地異が続いた。未曾有の大災害のさなか、信仰心を持ち続け、煩悶しながら生きた人々が、この物語の主人公である。

歴史上の著名人が登場しないこの物語は、歴史小説の王道から外れる。しかし、私は歴史に名を留めることのなかった人々の生きざまを、どうしても書きたかった。その思いに共感してくれる読者がいると信じて……。

中嶋　隆

1952年，長野県生まれ．国文学者，専門は西鶴を中心とする近世文学．早稲田大学教授．『西鶴と元禄メディア』（1994），『初期浮世草子の展開』（1996），『西鶴と元禄文芸』（2003），『西鶴に学ぶ』（2012）など，文芸専門書・読み物など多数．「古典への招待」（NHK 教育テレビ）で講師を務める．2007年，『廓の与右衛門控え帳』で作家デビュー，この作品は第8回小学館文庫小説賞受賞．他に，潜伏キリシタンを描いた時代小説『はぐれ雀』などがある．

補陀落ばしり物語

2020年１月24日　第１刷発行

著　者　中嶋《なかじま》　隆《たかし》

発行者　中川和夫

発行所　株式会社ぷねうま舎
〒162-0805　東京都新宿区矢来町122　第二矢来ビル3F
電話 03-5228-5842　　ファックス 03-5228-5843
http://www.pneumasha.com

印刷・製本　株式会社ディグ

ISBN 978-4-910154-01-5　　Printed in Japan